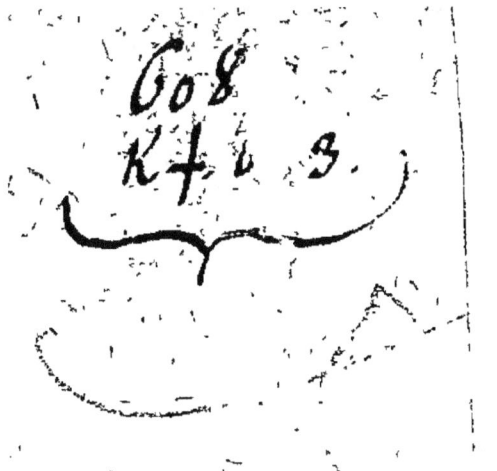

608
K. 4. b. 3.

ÉTRENNES

DE

POLYMNIE;

CHOIX DE CHANSONS,

ROMANCES, VAUDEVILLES, &c.

On recevra ces *Etrennes*, des trois années 1785, 1786 et 1787, franches de port, à Paris et en Province, en s'adressant au Bureau de la *Petite Biliotheque des Théatres*, et chez les Libraires indiqués, et en envoyant 3 liv. pour chaque Volume. On doit aussi affranchir l'argent et les lettres d'avis.

ÉTRENNES

DE

POLYMNIE;

CHOIX DE CHANSONS,

ROMANCES , VAUDEVILLES , &c. ,

*Avec de la musique nouvelle, gravée à la fin
du Recueil; et des timbres d'airs connus,
sur lesquels la plupart des morceaux peuvent
aussi être chantés.*

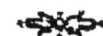

A P A R I S ,

Au Bureau de la Petite Bibliotheque des Théatres ,
rue des Moulins, butte Saint-Roch, n°. 11.

Chez {
BÉLIN, Libraire, rue Saint-Jacques, près Saint-Yves ;
BRUNET, Libraire, rue de Marivaux, Place du Théatre Italien ,

Et tous les Marchands de Musique et de Nou~~~~~~

M. DCC. LXXXVII.

Avec Approbation et Privilé~~~~ R~

AVERTISSEMENT.

Les inconvéniens de la gravure de lettres, reconnus par l'expérience de plusieurs entreprises littéraires, et l'avis de la plus grande partie des Souscripteurs de la *Petite Bibliotheque des Théatres*, ainsi que des personnes qui se procurent les *Etrennes de Polymnie* séparément, nous ont déterminés à imprimer la lettre de ces *Etrennes*, faisant suite à notre Collection Dramatique. Nous avons seulement fait graver la Musique nouvelle, en la plaçant à la fin du Volume, et en y renvoyant par des numero correspondans, toutes les fois que les morceaux mis en Musique ont plus d'un couplet; et lorsqu'ils n'en ont qu'un, la lettre n'étant pas imprimée dans le courant du Volume, pour éviter le double emploi, on les a distribués, sans numero, dans la partie de la Musique, avec l'attention de les placer de maniere que, par leur genre, ils fassent variété dans le total des airs.

La lenteur inévitable de la confection de ces *Etrennes* entiérement gravées, forçoit à les faire brocher et relier en sortant de sous la presse, et; quelque soin que l'on y prit, il étoit impossible d'empêcher les feuilles de maculer; ce qui rendoit nécessairement ce Volume moins agréable à l'œil.

Desirant donner un plus grand nombre de morceaux de Musique dans l'espace ordinaire, nous avons prié MM. les Compositeurs, qui ont contribués à former ce Recueil, de nous donner des morceaux plus courts que les deux premieres années, notre format n'en pouvant comporter d'une grande étendue, sans obliger à retourner souvent le feuillet, et sans gêner beaucoup l'exécution.

ÉTRENNES

DE

POLYMNIE;

CHOIX DE CHANSONS,

ROMANCES , VAUDEVILLES , &c.,

Année 1787.

CHIMENE ET LE CID.

ROMANCE

Attribuée à Chimene , et traduite de l'Es-
pagnol , par M. le Chevalier de Florian ,
Musique de M. Porro.

Nº. 1er, ou air : *Des simples jeux de son enfance*, &c.

LE Cid , après son hyménée ,
Pour les combats veut repartir :
Sa Chimene en est consternée ;

A

Mais n'ose pas le retenir.
Elle garde un profond silence ,
Fixe sur lui des yeux en pleurs ;
Et , tout-à-coup , sa voix commence

Ce chant d'amour et de douleurs.
« Ah ! qu'une chaîne glorieuse
» Nous prépare de cruels maux !
» La villageoise est plus heureuse,
» Son époux n'est point un héros.
» Si pour aller au labourage
» Cet époux la quitte au matin ,
» Au moins , le soir , après l'ouvrage ,
» Il revient dormir dans son sein.

» Paisiblement elle sommeille ,
» Sans voir en songe des combats ;
» Si quelque chose la réveille ,
» C'est l'enfant qu'elle a dans ses bras.
» Elle lui donne sa mammelle ,
» Le baise et l'endort doucement ;
» L'univers se borne pour elle
» A son époux , à son enfant.

» Chaque Dimanche elle s'habille ,
» Et prend ses beaux ajustemens ;

» Douce gaîté dans ses yeux brille,
» Et lui donne l'air de quinze ans.
» Vers l'Église elle s'achemine,
» Pressant son fils contre son cœur :
» Elle rencontre sa voisine,
» Et lui parle de son bonheur. »

Sur le pommeau de son épée
Le Cid appuyé tristement,
De ces accens l'ame frappée,
Répond à Chimene en pleurant :
« Va, rassure-toi, ma Chimene ;
» Nos deux cœurs ont même desir.
» Peu d'instans finiront ta peine ;
» Je vais voir, vaincre et revenir ! »

LA NOUVELLE ANNÉE,

CHANSON;

Paroles de M. de Mayer.

Air : *Du serin qui te fait envie*, &c.

LE jour finit : l'an recommence....
Propos usés, disoit Bastien ;
Depuis que j'ai le cœur d'Hortense,
Je compte mieux, et compte bien.
Serrant ma chaîne fortunée,
Toujours brûlé du même amour,
Non, je n'ai point changé d'année :
Je suis encore au premier jour. (*Bis.*)

O si l'envie, ou l'inconstance
Couvroient mes yeux d'un crêpe noir,
Sur les épines de l'absence
Si je marchois, matin et soir,
Dans ma chaîne peu fortunée,
Comme vous autres, à mon tour,
Je dirois : J'ai vu fuir l'année ;
Je ne suis plus au premier jour. (*Bis.*)

Mais si toujours, doux et fidele,
Son cœur semble chercher le mien ;
Si près de moi, si moi près d'elle,
Nous nous trouvons ou mieux, ou bien ;
Serrant ma chaîne fortunée,
Je dirai, plein de mon amour :
Non, je n'ai point changé d'année ;
J'en suis encore au premier jour. (*Bis.*)

IMPROMPTU

Adressé à Madame * * *, *en lui donnant un* Almanach des Graces , *dans lequel l'Auteur avoit fait mettre un couplet pour elle.*

Paroles de M. de Tournon.

Air : *Daigne écouter l'amant fidele et tendre* , &c.

En feuilletant cet *Almanach des Graces*,
Vous y verrez de l'amour, de l'esprit.
De votre nom si vous trouvez les traces, }
Ne grondez pas; un enfant l'écrivit. } *Bis.*

A iij

COUPLETS ANACRÉONTIQUES,

Adressés à Madame * * *, en lui envoyant une colombe empaillée.

Paroles de M. de Laurenval.

Air : *Du serin qui te fait envie,* &c.

VA, meurs, trop heureux volatile,
N'accuse point ma cruauté ;
C'est à la main qui te mutile
Que tu dois ta félicité.
La nature à ses loix fidelle
Ne t'offroit qu'un triste tombeau ;
L'art, dans le boudoir d'une belle,
Te prépare un trône nouveau.   (*Bis.*)

On dit qu'aux bosquets de Cythere
Tu sers de modele à l'Amour.
Laure est aimable, elle sait plaire ;
Fais qu'elle s'enflamme à son tour.
Dis-lui que le bonheur suprême,
Souvent n'est qu'un tendre soupir.

Aimer, jouir de ce qu'on aime,
C'est tout le secret du plaisir.   (*Bis.*)

Heureux d'embellir cet asyle,
Tu n'auras rien à regretter :
Il est vrai, ton aîle immobile
Désormais ne peut s'agiter ;
Mais que sert-il d'être volage ?
Près de Laure on ne peut changer.
Puisse amour, dont tu fus l'image,
Comme toi ne plus voltiger !   (*Bis.*)

Tu verras cette aimable Laure
Te visiter chaque matin,
Tous les soirs caresser encore
Le mobile azur de ton sein.
Par une brillante imposture,
Trompe son regard enchanté.
Tout est trompeur dans la nature,
Jusqu'aux soupirs de la beauté.   (*Bis.*)

Oiseau chéri, que je t'envie
L'éclat d'un destin si flateur !....
Mais ce n'est qu'au prix de la vie
Que tu jouis de ton bonheur...

Si jamais Laure, plus humaine,
Amour, doit voler dans mes bras,
N'attends point que le sort m'enchaîne
Sous les froides mains du trépas. (*Bis.*)

A   Z É L I S,

En lui envoyant une ceinture.

C O U P L E T.

Paroles de M. Willemain d'Abancourt;

Air : *Ce fut par la faute du sort*, &c.

D'UN cœur sensible et sans détour,
Ma Zélis, accepte l'hommage ;
En le présentant à l'Amour,
C'est lui présenter son ouvrage.
Quoique tes attraits ingénus
Sachent tout charmer sans parure,
Si tu la portes, de Vénus
Elle deviendra la ceinture.   (*Bis.*)

LA CURIEUSE,

CHANSON.

Paroles de M. * * * ; musique de M. L. Guichard.

N°. 2, ou air : *De mon Berger volage* , &c.

QUEL doux penchant m'entraîne ?
Quel feu vient m'enflammer ?
Est-ce qu'Amour m'enchaîne ?
Est-ce qu'il faut aimer ?
Je sens que je soupire ,
Et ce soupir m'apprend
Que sous le tendre empire
Mon jeune cœur se rend.

Un objet plein de charmes
A versé dans mon cœur
Les naissantes alarmes
Qui causent ma langueur ;
Mais il est trop aimable
Pour ne pas me charmer ,
Et moi trop équitable
Pour ne le pas aimer.

Dans tout les lieux on chante
L'Amour et ses plaisirs ;
Chacun dit qu'il enchante ,
Quand on suit ses desirs.
Selon ce doux langage ,
J'en pourrai mieux juger ,
Si l'objet qui m'engage
Veut aussi s'engager.

On ne voit plus de belles
Résister à l'Amour.
Celles qui sont rébelles
S'y rendent à leur tour.
C'est l'Amour qui fait naître
Notre félicité.
Vivrai-je sans connoître
Si c'est la vérité ?

POINT DE PARTAGE,

CHANSON.

Paroles de M. de La Viéville.

Air : *Si jamais je fais un ami*, &c.

SI jamais je deviens époux,
Je veux une compagne sage ,
Du caractere le plus doux ,
Digne enfin de mon tendre hommage.
Que l'hymen soit un nœud coulant
Pour les débauchés de la terre ;
  Moi , je veux être l'amant
  Et l'époux de ma Bergere.   } *Bis.*

Je ne veux point de femme à deux :
Le partage ne peut me plaire.
Une seule aura tous mes vœux ,
Si son cœur est toujours sincere.
Que l'hymen , &c.

Ce n'est point en elle , ô Plutus !
Tes trésors que mon cœur envie :

Peu de bien , beaucoup de vertus ,
Et je suis heureux pour la vie.
Que l'hymen , &c.

Nous courons après le bonheur ;
Nous nous égarons sur la route :
La raison doit guider le cœur ,
Puisque Cupidon n'y voit goute.
Que l'hymen , &c.

COUPLET

Adressé à Madame D * * * , par M. Knapen
fils.

Air : *On compteroit les diamans* , &c.

O vous , dont l'aspect enchanteur
Est l'écueil de toute sagesse ,
Et dont l'esprit observateur
Nous en retrace la Déesse ,
Quand vos regards prêchent l'amour
Et votre bouche le silence ,
J'ose le dire , sans détour ,
Vos regards ont la préférence. *(Bis.)*

L

LE SERMENT BIEN GARDÉ,

CHANSON.

Paroles de Madame Belfort.

Air : *Triste raison j'abjure ton empire*, &c.

LISE et Silvie, au milieu d'un boccage,
Pour éviter la chaleur d'un beau jour,
Furent s'asseoir, et, sous son frais ombrage,
S'entretenoient des effets de l'amour.

Lise vouloit, auprès de son amie,
Prendre parti pour le Dieu des Amours....
« N'en parle plus, lui répondit Silvie,
» Car j'ai promis de le fuir pour toujours....

» Tout comme toi, par un ingrat, trahie,
» Je fis serment de détester l'Amour.
» Mais j'ai gardé ce serment-là, Silvie.... »
« Combien ?.... » « Devine....» « Un an ?.... »
    « Non ; mais un jour. »

B

LES AMOURS DU TEMS PASSÉ,

CHANSON.

Paroles de M. Lefranc ; musique de M. Demigneaux. N°. 3.

Du beau Clitandre abandonnée ;
Rosine, en proie à sa fureur,
Voulut finir sa destinée,
Et se frappa... tout près du cœur,
Beauté moderne, je parie,
Du premier coup l'auroit percé ;
Mais alors une bonne amie
N'apprenoit pas l'anatomie,
Pour savoir comme il est placé.

Cependant pour guérir la belle
Un Docteur arrive, à pas lents.
A son art le mal fut rébelle ;
Qui l'auroit cru ? c'étoit le tems....
Plutus paroît ; dans la blessure,

A pleine main, il répand l'or.
Plutus abandonne la cure :
La guérison eût été sûre ;
Mais il falloit un siecle encor.

Enfin, l'honneur de la nature,
Rosine s'en alloit périr,
Lorsqu'au logis, par aventure,
Un jeune inconnu vient s'offrir.
Il entre. Dieux ! le beau Clitandre,
Que ramene le repentir !....
Rose vécut pour l'ami tendre.
Alors, il étoit bon d'attendre
Un mois ou deux avant mourir.

L'AMOUR FRANÇOIS.

Couplets adressés à Madame la Vicomtesse
de B***,

Par M. le Chevalier de Bruix.

Air : *De la Barone*, &c.

Pour vous séduire,
Je prends un chemin peu commun.
Cent moyens peuvent y conduire ;
Moi, je n'en veux employer qu'un,
Pour vous séduire.

Dans cette affaire,
Ne consultez que votre esprit.
De votre amour je n'ai que faire.
Un simple caprice suffit
Pour cette affaire.

De la constance,
Autrefois je fis quelque cas ;
Mais j'appris, par l'expérience,

Que le vrai bonheur ne naît pas
   De la constance.

   Même journée
Fait éclore et mourir la fleur.
De mes feux c'est la destinée.
On me voit heureux et trompeur,
   Même journée.

   Belle Lucie,
Suivez mon système ; il est doux :
Adoptez ma philosophie,
Demain je suis à vos genoux,
   Belle Lucie.

COUPLETS

Adressés à Mme la Comtesse de Montouri,
le jour de la Sainte-Adélaïde, sa fête.

Paroles de M. * * *.

Air : *Pourriez-vous bien douter encore ?* &c.

POUR ton bouquet, Adélaïde,
Quelles fleurs pourrois-je choisir ?
Je sais qu'un amant moins timide
T'offriroit celle du plaisir ;
Mais tu n'es pas de ces mortelles
Que séduit un goût passager.
L'Amour, près de toi perd ses ailes,
Et ton cœur craint de s'engager !

Le tems, qui fuit d'un vol rapide,
A ramené cet heureux jour
Où l'Amitié, pure et solide,
Parle à la place de l'Amour.
L'une a le bonheur de te plaire,
L'autre craint tout de ta rigueur ;

Mais tu dois pardonner au frere
Qui t'est présenté par la sœur.

De cet enfant si redoutable
Ose braver les tours malins :
Près de toi seroit-il coupable ?
Sa destinée est dans tes mains.
La fierté , mêlée à la grace ,
Rend ses transports plus retenus.
Un regard confond son audace ,
Quand il est lancé par Vénus.

COUPLET BACHIQUE.

Paroles de M. Vernes , le fils.

Air : *Jusques dans la moindre chose* , &c.

Si pour embellir le monde ,
Jupiter m'eût consulté ,
Dans les lieux où coule l'onde
Le vin seul eût existé.
La terre eût été sa treille ,
Et la mer son réservoir ,
D'où , pour le mettre en bouteille ,
Dieu m'eût fait son entonnoir.

A UNE BELLE MUSICIENNE,

CHANSON.

Paroles de M. le Chevalier de Cubieres ; musique de M. le Comte de Sainte-Aldégonde.

N°. 4, ou air : *On compteroit les diamans*, &c.

SANS éprouver soudain vos loix,
Qui peut un instant vous entendre ?
Aux sons de votre belle voix,
Qui peut refuser de se rendre ?
Lorsqu'elle est, par d'heureux efforts,
Aux sons de votre lyre unie,
Le trouble nait de vos accords,
Le désordre de l'harmonie.   (*Bis.*)

Par vos doigts légers et charmans,
A peine la corde est pincée,
Ils excitent des mouvemens
Qui bouleversent la pensée.
Votre visage gracieux
Offroit donc trop peu de merveilles ?

Ceux qui résistent à vos yeux,
Vous les prenez par les oreilles. (*Bis.*)

Autrefois un guerrier vanté,
Au bruit d'une vive musique,
Renversa la fiere Cité
Qu'assiégeoit le peuple Hébraïque.
Ce prodige se reverra ;
Votre voix m'en donne l'idée :
Vous ferez tomber l'Opéra,
Comme une ville de Judée. (*Bis.*)

LA RÉFLEXION TARDIVE,

ROMANCE.

Paroles de M. le Prévost d'Exmes.

Air : *Je l'ai planté, je l'ai vu naître, &c.*

» PROFITONS tous deux du bel âge, »
A Lisette disoit Lucas.
Lisette, affectant l'air sauvage,
Disoit : « Cela ne se peut pas. »

Elle écoutoit un doux langage ;
L'imprudente ne fuyoit pas ,
Et pourtant vouloit rester sage :
De là naissoit son embarras.

Lucas , plus amoureux , la presse ;
Elle se rend à son desir :
Puis se reproche sa foiblesse ;
Mais en regrettant le plaisir.

Bientôt l'ingrat s'éloigne d'elle ,
Et la laisse en vain soupirer.
Tout Berger devient infidele ,
Dès qu'il n'a plus à desirer.

En vain avoit prêché sa mere ,
Pour la garantir de ce sort.
Toujours trop tard simple Bergere
A dit : « Maman n'avoit pas tort ! »

COUPLETS

*Adressés à Mademoiselle G. Duv * * *.*

Par M. V * * *.

Air : *Dans un bois solitaire et sombre ,* &c.

AU plaisir que ce jour inspire ,
Amis, donnons un libre cours :
Venez, et dans notre délire
Chantons Thérese et ses beaux jours.

Ah ! qu'elle est belle et séduisante !
Que de charmes dans tous ses traits !
Chaque instant nous la représente
Toujours sous de nouveaux attraits !

Esprit, beauté , doux caractere ;
C'est la jeunesse dans sa fleur :
Elle a tout ce qu'il faut pour plaire,
Talens, vertus, graces, candeur.

Elle a le cœur sensible et tendre ,
L'ame aussi pure qu'un beau jour :
Ah ! qui peut la voir et l'entendre,
Et long-tems ignorer l'amour ?

REGRETS SUR LA MORT D'UN AM

ROMANCE.

Paroles de M. de Conjon.

Air : *Je l'ai planté, je l'ai vu naître*, &c.

SENSIBLE et douce tourterelle,
Si l'amour cause tes douleurs,
Non moins que toi tendre et fidele,
L'amitié fait couler mes pleurs.

Hélas ! c'étoit dans cette plaine,
C'étoit auprès de ce ruisseau,
Que tous les jours mon cher Thélene
Ramenoit paître son troupeau.

O doux habitans du bocage,
Oiseaux, modérez vos accens :
Thélene, sur le noir rivage,
Ne peut plus entendre vos chants !

Vallon, et toi claire fontaine,
Jeunes ormeaux, chênes touffus,
Vous qui me demandez Thélene,
Hélas ! vous ne le verrez plus.

De la rose qui vient d'éclore,
Toi, qui fais un sombre cyprès,
Ah ! redouble ta course encore,
O tems, et finis mes regrets.

Mais non, trop grande est ma blessure,
Pour en pouvoir jamais guérir.
Allez, paissez à l'aventure,
Moutons, adieu : je vais mourir.

RÉPONSE

*De Madame T*** D***, à laquelle on
reprochoit d'avoir beaucoup d'amis.*

Air : *Avec les jeux dans le village*, &c.

J'AI des amis sans conséquences,
Et non pour un vil intérêt.
Il en est pour les confidences,
Et rarement pour le secret.
Celui-ci plaît par son langage,
L'autre par sa gentille humeur;
Ainsi l'amitié se partage;
Mais il n'est qu'un ami du cœur. (*Bis.*)

C

A MA VOISINE,

CHANSON.

Paroles de M. Evra ; musique de M. Raymond.

Nº. 5 , ou air : *Colinet au pied d'un ormeau* , &c.

J'AVOIS juré que de l'amour
Je ne porterois plus la chaîne :
Redoutant les maux qu'il entraîne ,
Je voulois le fuir , sans retour ;
Mais de sa puissance divine
Un mortel se rit vainement !....
Lorsque je faisois ce serment
Je n'avois pas vu ma voisine !

Depuis long-tems ce Dieu malin ,
Piqué de mon indifférence ,
Tout bas méditoit sa vengeance.
Voyez comme l'Amour est fin !
Sous les traits d'Aglaé , d'Aline
Ne pouvant effleurer mon cœur ,

Pour réussir, le séducteur
Prend ceux de ma belle voisine

Qu'un héros aime les lauriers
Qu'on cueille aux champs de la victoire,
Qu'un savant sur un vieux grimoire
Se morfonde des jours entiers,
Qu'un buveur, que rien ne chagrine,
Dans le vin trouve le plaisir,
Moi, je n'ai plus d'autre desir
Que d'être aimé de ma voisine.

Si je possedois l'art heureux
Des Zeuxis et des Praxitèle,
Je peindrois la vertu si belle
Qu'elle plairoit à tous les yeux :
Elle auroit les traits de Cyprine,
De Junon l'air majestueux,
D'Hébé le souris gracieux....
Mais, non ; je peindrois ma voisine.

C ij

LE PORTRAIT D'ÉGÉRIE,

CHANSON.

Paroles de M. Willemain d'Abancourt.

Air de la Romance de *Blaise et Babet.*

C'EN est donc fait, jeune Egérie,
L'art va reproduire à nos yeux
Les traits d'une beauté chérie,
Digne de l'hommage des Dieux ?
Si parfait que soit son ouvrage,
Quoi qu'il fasse pour réussir,
Jamais à former ton image
Ses soins ne pourront parvenir !

Le crayon peut d'un trait facile
Esquisser Laïs ou Phryné :
Il n'est pas besoin d'être habile
Pour rendre un contour chifonné
Mais peindre une beauté sensible,
C'est un écueil pour le talent :
Sa ressemblance n'est possible
Que dans le cœur de son amant.

LES DEUX AMOURS,

CHANSON.

Paroles de M. V***, le fils.

Air : *Un soir dans la forêt prochaine*, &c.

Deux Amours sont nés à Cythere,
Pour notre mal, pour notre bien.
Ils ne se ressemblent en rien ;
C'est tout un autre caractere :
L'un ne maîtrise que nos sens ;
Il n'habite jamais notre ame :
Il nous entraîne, et de sa flamme
Naissent nos maux et nos tourmens.

L'autre Amour, enfant de l'estime,
Dans ses transports n'est point fougueux ;
Il aime à faire des heureux....
Est-il de plus douce maxime ?
Discret et pur, dans ses succès,
Jaloux de l'honneur d'une belle,
Jamais il ne fut infidele ;
Aussi n'en trouve-t-il jamais.

Cet amour, charmante Almaïde,
Te répondra de mon ardeur :
Son temple est au fond de mon cœur ;
C'est là que sans cesse il préside.
Il suffit pour l'y retenir
D'un regard un peu moins sévere :
Heureux par l'espoir de te plaire,
Jamais il n'en voudra sortir.

LE POUVOIR DE L'AMOUR,

CHANSON.

Paroles de M. de Saint - Péravi.

Air : *Jusques dans la moindre chose*, &c.

L'EAU qui baise ce rivage,
L'œillet qui s'ouvre au zéphyr,
L'air qui joue en ce feuillage ;
Tout dit qu'aimer est plaisir.
Une égale et vive flamme
Nous rend doublement heureux :
L'insensible n'a qu'une ame ;
Quand on aime on en a deux.

LE RETOUR DE LA RAISON,

ROMANCE.

Paroles et musique de M. le Chevalier de Meude-
Monpas.

Nº. 6 , ou air : *Non je ne ferai pas ce qu'on veut*
que je fasse , &c.

JE ne regrette pas les feux de ma jeunesse.
Les souvenirs amers d'une folle tendresse
Pourroient troubler encor le repos de mon cœur :
A mon âge il est tems de goûter le bonheur.

Je veux tout oublier , ma perfide et ses charmes.
Mes yeux infortunés ont trop versé de larmes :
Comment pourrois-je encore adorer ses appas ?
Il faut cesser d'aimer ce qu'on n'estime pas.

On doit se méfier de ce sexe volage....
Mais , non , il ne l'est pas : jamais il ne s'engage.
Il faut avoir aimé pour être un inconstant :
La femme n'aime rien ; pas même son amant.

CONSEILS A UN JEUNE HOMME,

C H A N S O N.

Paroles de M. E. G. Duchosal , Avocat en Parlement.

Air : *Non , non , Doris ne pense pas , &c.*

LES fleurs embaument le printems
Quand on sait , au champ de la vie ,
Filer d'agréables momens
Sous les berceaux de la folie.
N'imite point ce froid bâtard (1)
Dont la constance est tant vantée ;
Va ! pour guide prends le hasard ,
Et pour maître choisis Protée.

Pour gagner le cœur de Chloé ,
Feins d'être heureux chez Artémise ;
Inconstant chez Arsinoé ,
Vante la constance à Bélise.

---

(1) Céladon.

Avec tous ces déhors trompeurs
Vingt Belles te rendront les armes ;
Le plus adroit a des faveurs,
Le plus tendre en est pour ses larmes.

Sur-tout ne va pas du rimeur
Cultiver le talent sublime ;
Les rivaux trouvent le bonheur
Pendant que vous cherchez la rime.
Tel s'illustre au double vallon
Qui chez Vénus est ridicule :
On vit Daphné fuir Apollon....
Eut-elle fui devant Hercule ?

CHANSON BACHIQUE.

Paroles de M. de Saint-Péravi.

Air des fanfares de Saint - Cloud.

VOIS cette mousse légere ;
Allons gai! le verre en main. .
Rions, faisons bonne chere,
Sans songer au lendemain.
Clos dans la fosse profonde,
Adieu repas et bon vin !
Mes amis, dans l'autre monde
Il ne croît point de raisin.

Quand le trépas, qui tout mine,
Viendra me prendre au collet,
Je prétends que l'on dessine
Sur ma tombe un gobelet ;
Et je bénirai la parque
Qui tranchera mon destin,
Pourvu qu'aux enfers ma barque
Nage sur des flots de vin.

LES REGRETS DE L'AMOUR,

ROMANCE.

Paroles de M. Bodard ; musique de Mademoiselle Caroline Wuyet, Pensionnaire de la Reine. N°. 7.

Aux courts instans de notre enfance
Le calme regne en notre cœur,
Et c'est alors l'indifférence
Qui seule fait notre bonheur.
Qu'ils durent peu ces momens paisibles !
Le tems en ordonne autrement....
Pourquoi nos cœurs sont-ils sensibles,
Puisque l'amour est un tourment ? (*Bis.*)

Un jour, assise au pied d'un hêtre ,
J'étois à rêver, en secret ;
Des plaisirs que l'amour fait naître ,
Colin vint me peindre l'attrait ,
Et je sentis que d'une Bergere
Le cœur est fait pour s'enflammer....
Pourquoi Colin sût-il me plaire ,
Puisque c'est un mal que d'aimer ? (*Bis.*)

MA BONNE VÉRITÉ,

COUPLETS ADRESSÉS A MA SŒUR;

Par Madame Dufresnoy.

Aïr : *On compteroit les diamans*, &c.

Auprès d'un sexe séduisant
On voit l'autre occupé de plaire,
Et, pour se rendre intéressant,
Il assure qu'il est sincere.
Belles, ne vous abusez pas,
Lorsqu'il vous offre son hommage :
Écoutez ce qu'il dit tout bas,
Avant de croire à son langage.　　(*Bis.*)

En amour on fait le serment
De fuir, pour jamais, l'inconstance :
C'est le discours de chaque amant ;
Mais en est-il un qui le pense ?
Pour désarmer notre fierté
Leurs promesses ne sont point rares :
Ah ! s'ils disoient la vérité
Ils en deviendroient plus avares !　(*Bis.*)

Le

Le Marchand trompe le Seigneur,
Le Seigneur cherche une autre dupe ;
Tout est trompé, tout est trompeur :
L'Auteur à se tromper s'occupe ;
Sur l'ouvrage qu'il croit parfait
Il s'extasie à chaque page.
Le public, d'un coup de sifflet,
Le renvoie en apprentissage.   (Bis.)

Vivons dans ce monde trompeur
Sans craindre rien, ô ma Sophie !
Ne possédé-je pas ton cœur,
Et ne suis-je point ton amie ?
Je connois ta sincérité ;
Tu resteras toujours la même :
Pour moi, ma bonne vérité,
C'est lorsque je dis que je t'aime ! (Bis.)

LES DEUX PETITS COUSINS,

R O M A N C E.

Paroles de M. le Chevalier de Cubieres.

Air : *Lison dormoit dans un bocage*, &c.

AU tems passé, dans un village,
Peu loin de Quimpercorentin,
Deux petits cousins du même âge,
Vivoient contens de leur destin ;
Sous l'œil vigilant d'une tante,
Qui les chérissoit tous les deux ;
Au sein des plaisirs et des jeux
Couloit leur enfance innocente....
Mais ils durent peu les beaux jours :
La vie est longue, ils sont si courts !

Un soir la tante est obligée
De quiter ses petits neveux.
Une mézange est encagée,
Qui chante et s'agite auprès d'eux.
« Colette et Lubin, leur dit-elle,

» Prenez bien garde à cet oiseau !
» Je vais dans le prochain hameau,
» Et le mets sous votre tutelle.
» S'il s'échappoit de sa prison,
» Gare le chat de la maison ! »

« Gardez-vous aussi, je vous prie,
» De toucher à ce verre ci ;
» C'est une liqueur ennemie,
» Que je tiens renfermée ici.
» Adieu, mes enfans ; soyez sages :
» Je serai bientôt de retour. »
Elle dit, et de son amour
Leur donnant de doux témoignages,
Elle les serre sur son sein,
Et du hameau prend le chemin.

On sait combien une défense
Ajoute de prix aux plaisirs ;
Et combien, sur-tout chez l'enfance,
Elle rallume les desirs.
« Que je voudrois bien, dit Colette,
» Baiser ce petit oiseau-là !... »
« — Qu'entends-je ? à quoi penses-tu-là ?
» Et quelle demande indiscrette !

» A tes vœux puis-je consentir
» Sans m'exposer au repentir ? »

« — Donne-le moi, je t'en conjure. — »
« Et s'il s'envole ! — » « Ne crains rien. — »
« Pour ma tante c'est une injure,
» Qui... » — « Va, je le tiendrai si bien ! — »
« Allons, il faut te satisfaire. »
Cédant à la tentation,
Il ouvre, avec précaution,
La cage, prend l'oiseau, le serre....
Mais, ô malheur pour les cousins !
Il fuit de leurs doigts enfantins !

« Cousine, que dira ma tante ? »
« — Ah ! cousin, nous sommes perdus ! »
« — Comme elle sera mécontente ! »
— Et comme nous serons battus !
« Mourons, dit-il... » — « Mourons, dit-elle,
» C'est le seul remede à nos maux. »
Voilà que tous deux, à ces mots,
Epuisent la liqueur mortelle,
Et vont s'asseoir sur le gazon,
Attendant l'effet du poison,

Leur sort n'a rien qui les effraie....
Que dis-je ? Etroitement serrés,
Ils s'embrassent, leur ame est gaie
De ne pas mourir séparés.

La tante arrive, et, hors-d'haleine,
Vers elle ils adressent leurs pas ;
Lui disant : « Ne nous frappez pas.
» Ma tante, ce n'est pas la peine :
» Si l'oiseau n'est plus au logis,
» Ah ! nous en sommes bien punis ! »

« Voyez ce vase, hélas ! ma tante,
» Le poison coule en notre sein!
» Nous ne vivons que dans l'attente
» De mourir, même avant demain,
» Ma cousine et moi de la vie
» Nous allons sortir, dès ce soir :
» Adieu ; de jamais vous revoir
» L'espérance nous est ravie !....
» O, ma tante, pardonnez-nous !
» Nous le demandons à genoux ! »

La tante, dont le cœur est tendre,
Et qui veut leur félicité,
Sans pleurer ne peut les entendre,

Et les releve, avec bonté....

« Rassurez-vous, que vos alarmes
» Se dissipent à mes accens.
» Toutes vos peines je les sens,
» Leur dit-elle, voyez mes larmes ;
» Mais si l'oiseau s'envole au Ciel,
» Le poison n'étoit que du miel. »

Caton, Séneque, et vous, Socrate,
Et vous tous, antiques Romains,
Qui, pour une patrie ingrate,
Vous perciez de vos propres mains.,
J'admire fort votre courage ;
Mais le dévoûment des Brutus
Et vos héroïques vertus
Tenoient, tant soit peu, de la rage ;
Et pour mourir avec grandeur
Il faudroit n'avoit point d'humeur.

L'AMANT CONSTANT,

ROMANCE.

Paroles de M. le Chevalier de Florian ; musique
de M. l'Abbé Auroux. N°. 8.

J'AIMOIS une jeune Bergere ;
Mon amour faisoit mon bonheur.
Je croyois posséder le cœur
De celle qui m'étoit si chere....
 Hélas ! pour un autre amant ,
Elle trahit mon espérance ;
Et j'aime mieux pleurer son inconstance
 Que d'être heureux en l'oubliant !   (*Bis.*)

J'étois encore enfant , comme elle ,
Quand l'Amour fit naître mes feux :
Mon cœur , pour en être amoureux ,
N'attendit pas qu'elle fut belle....
 Hélas ! pour un autre amant , &c.

COUPLETS

Adressés à une mere qui allaitoit son enfant.

Paroles de Mademoiselle Aurore , de l'Académie Royale de Musique.

Air : *Avec les jeux dans le village* , &c.

PERMETS que je sois l'interprête
Du plus sensible des époux.
Pour te fêter son cœur s'apprête ;
Cet emploi lui paroît bien doux.
Les soins dont son ame est éprise
Se font connoître par ma voix ;
Assure-le , belle Louise ,
Qu'avec plaisir tu les reçois.　　(*Bis.*)

Jamais d'une chaîne si belle
Tu ne verras briser les nœuds.
Aimé d'une épouse fidelle ,
Pourroit-il être plus heureux ?
Quelque légere jalousie
Par fois peut alarmer son cœur ;

Mais il est permis dans la vie
D'être jaloux de son bonheur.　　(*Bis.*)

Fidelle image de ton pere,
Gage chéri de son amour,
Comme il est aimé de ta mere ;
Puisse-tu le chérir un jour !
Tu récompenses bien ses peines ;
Car en t'allaitant aujourd'hui,
Elle fait passer dans tes veines
Le tendre amour qu'elle a pour lui. (*Bis.*)

IMPROMPTU

Adressé à Madame * * * *, au moment où le
sort venoit de la nommer Reine d'une fête,*

Paroles de M. de Laurenval.

Air : *Je l'ai planté, je l'ai vu naître, &c.*

Regnez, mon aimable Thémire,
C'est le destin de la beauté.
Tous les cœurs vous rendroient l'Empire,
Si le sort vous l'avoit ôté.

DÉCLARATION.

*Couplets adressés à Mademoiselle * * *.*

Paroles de M. Chaudon.

Air : *Vous l'ordonnez, je me ferai connoître,* &c.

VOUS captivez mon cœur fidele et tendre ;
Tout mon bonheur dépend de vous aimer.
Je fais serment de ne jamais changer :
A cet aveu, belle, daignez vous rendre.

Quand de l'amour la flamme est mutuelle,
Ah ! qu'il est doux de vivre sous ses loix,
De répéter, de se dire cent fois :
Il faut brûler d'une ardeur éternelle !

Dieu des plaisirs, Amour, à qui tout cede,
Viens enflammer le cœur de mon Iris ;
Viens, précédé des Graces et des Ris,
Dieu des amans, ah ! j'invoque ton aide !

HYMNE A L'AMOUR,

CHANTÉ PAR DE NOUVEAUX ÉPOUX.

Paroles de M. Hilliard d'Auberteuil ; musique
de M. Brack. N°. 9.

Tendre Amour ! ne t'en vas pas !
Laisse-nous tes douces larmes !
Tes soupirs et tes alarmes
Auront pour nous des appas !
Sous le nom de l'hyménée,
Laisse à ta loi fortunée
Le soin de guider nos pas.
Tendre Amour ! ne t'en vas pas !
Non, non,
Tendre Amour ! ne t'en vas pas !
Laisse-nous tes douces larmes,
Tes soupirs et tes alarmes ;
Ne garde que tes rigueurs :
Répands sur nous tes faveurs ;
Veille sur notre carriere.
De ton flambeau la lumiere

Doit toujours guider nos pas.
Tendre Amour ! ne t'en vas pas !
Non, non,
Tendre Amour ! ne t'en vas pas !

LES FEMMES JUSTIFIÉES,

COUPLET.

Paroles de M. de B * * *, Capitaine de
Cavalerie.

Air : *L'art d l'amour est favorable*, &c.

ON dit, dans le siecle où nous sommes,
On dit, je l'ai bien entendu :
Les femmes sont comme les hommes,
Pas une n'a de la vertu.
Quel affreux langage !
Toute femme est sage,
Chaste, fidelle et sans amans,
A soixante ans,
A soixante ans !

MA

MA FOI ! C'EST FAIT.

VAUDEVILLE ADRESSÉ A M. * * *.

Paroles de M. Raté.

Air : *Ah ! qu'c'est joli ! ah ! qu'c'est joli !* &c.

QUE dans le monde littéraire
On soutienne que tout est dit ;
N'importe , sans chercher à plaire ,
Mon Apollon se divertit.
Egratigné par la satyre ,
Heureux ! si chaque Auteur savoit
La repousser par un sourire ,
Et dire , en versant le clairet :
    Ma foi ! c'est fait.   (*Bis.*)

Ne cueillons que la violette ,
Laissons la rose aux langoureux ;
Ainsi l'éclat d'une coquette
Offre des attraits dangereux.
Thémire est belle , on la croit sage ;
Son époux en est satisfait.

                  E

S'il ne craint pas le cocuage,
Il a raison ; car, en effet,
  Ma foi ! c'est fait.   (*Bis..*)

Briguant une riche conquête,
Et lançant de perfides traits,
Laïs est douce, elle est honnête,
Damis tombe dans ses filets.
Sur sa candeur il se repose :
Le plus rusé s'y méprendroit ;
Mais, quand il croit cueillir la rose
Qu'Amour lui promet, en secret,
  Ma foi ! c'est fait.   (*Bis.*)

Au fond d'un bosquet solitaire,
Lise tremblante suit Colin ;
Colin, devenu téméraire,
Jure de commettre un larcin :
« Finis, finis, dit la Bergere ;
» Pourquoi délacer mon corset ?...
» Mais finis donc, voici ma mere ; »
Et quand elle arrive au bosquet,
  Ma foi ! c'est fait.   (*Bis.*)

O toi, dont la muse facile
Réveilla chez nous le refrain,

Toi, qui, chantant le vaudeville,
Menes les Graces par la main,
Puisse d'un hommage sincere
Ton cœur se trouver satisfait!
A tous si tu cherchois à plaire,
Pour rendre ton bonheur parfait,
  Ma foi! c'est fait.   (*Bis.*)

C O U P L E T

Adressé à un homme d'esprit qui fait ses déclarations en jolis vers.

Paroles de Madame Belfort.

Air : *On compteroit les diamans*, &c.

VOUS avez l'esprit d'Apollon ;
Mais je vous crains, je suis sincere :
L'on dit que du sacré vallon
Il n'est qu'un pas jusqu'à Cythere.
Vos vers exposent ma raison :
Je vous défends de m'en écrire.
Quand on veut toujours dire non,
Je sens qu'il ne faut pas vous lire.   (*Bis.*)

LES PLAISIRS DE LA CAMPAGNE;

C H A N S O N.

Paroles de M. R * * * de La Valette.

Air : *Des Bergeres du hameau*, &c.

QUE j'aime à goûter la paix
Qui regne dans cet asyle!
Que les charmes de la ville
En relevent les attraits !
On sent après le tapage
Le prix de la tranquillité.
Le fracas est dans la cité ,
   Le repos est au village.   } *Bis.*

Sauvé des flots furieux ,
Le nocher baise la rive :
Une alégresse aussi vive
Me voit aborder ces lieux !
D'ici j'insulte à l'orage ;
Le hameau fait ma sûreté.
La tempête est dans la cité ,
   Et le calme est au village.   } *Bis.*

Ne devoir ses agrémens
Qu'à l'éclat de la parure,
Du voile de l'imposture
Couvrir ses vrais sentimens ;
Des villes voilà l'usage :
Ici tout est naïveté.
Le mensonge est dans la cité,   } *Bis.*
   La candeur est au village.

Sur les sophas d'un boudoir
La longueur du tems désole :
Dans ces lieux il fuit , il vole ;
Le matin touche le soir.
Du travail au badinage
On passe avec légéreté :
Les ennuis sont dans la cité,   } *Bis.*
   Le plaisir est au village.

Bons amis , plaisir , amour,
O félicité de l'homme !
A la ville on vous renomme ,
C'est ici votre séjour :
Ailleurs on voit votre image ;
On trouve ici la vérité.
La peinture est dans la cité,   } *Bis.*
   Le modele est au village.

E iij

L'OCCASION FAIT LE LARRON,

CHANSON.

Paroles de M. Pujoulx ; musique de M. Hugard
de Saint-Guy, fils. N°. 10.

L'AUTRE jour la charmante Hélene
Rêvoit seulette, dans la plaine,
Rêvoit, peut-être, à son amant,
Car fillette y pense souvent.
Ah ! ah ! ah ! ah ! mon Dieu, qu'c'est drôle !
   Com' l'Amour engeôle.
Ça ne doit pas finir par-là,
Puisque ça commence com'ça. (*Bis.*)

Mais v'la-t-il pas qu'la jeune Hélene
Entend, tout près de la fontaine,
D'oiseaux un concert enchanteur,
Qui sembloient répéter, en chœur :
» Ah ! ah ! &c. »
Les oiseaux n'en restent pas-là,
Quand ils ont commencé com'ça. (*Bis.*)

Hélene approche, et tout s'envole....
Quel dommage !.... Elle se désole....
Mais non, elle en aperçoit deux,
Qui sembloient encor dire, entr'eux :
» Ah ! ah ! &c. »
Jamais on ne finit par-là,
Quand on a commencé com'ça.   (*Bis.*)

V'la qu'ils se baisent et rebaisent ;
V'la qu'ils chantent, v'la qu'ils se taisent :
Hélene les voit à loisir,
Et dit, tout bas, avec plaisir :
» Ah ! ah ! &c. »
Ça ne finira pas com'ça,
Puisque ça commencé par-là.   (*Bis.*)

Il falloit voir la jeune Hélene
Soupirant, respirant à peine.
Elle suivoit de ses beaux yeux
Leurs mouvemens délicieux.
Ah ! ah ! &c.
Ça n'devoit pas finir par-là,
Puisque ça commençoit com'ça.   (*Bis.*)

La pauvre Hélene, encore émue,
Voit Hilas, près de l'avenue ;

Elle veut fuir.... mais vainement :
Il la retient, tout doucement....
Ah ! ah ! &c.
Ce n'est pas près de finir-là,
Puisque ça r'commence com'ça.   (*Bis.*)

V'la not' Berger et not' Bergere,
Assis tous deux sur la fougere.
Le tendre Hilas devient pressant ;
Hélene dit, en soupirant :
» Ah ! ah ! &c. »
En soupirant, quand on dit ça,
On n'a pas l'air d'en rester-là.   (*Bis.*)

Oiseaux, trop flateuses amorces !
Hélene avoit perdu ses forces ;
Il fallut céder au plus fort.
Elle cede.... et répete encor :
» Ah ! ah ! &c. »
Ça n'pouvoit que finir par-là,
Puisque ça commençoit com'ça.   (*Bis.*)

LA CONSPIRATION DES GRACES CONTRE VÉNUS,

CHANSON,

Adressée à Madame la Comtesse de Beau-harnois.

Paroles de M. le Chevalier de Cubieres.

Air : *Un soldat, par un coup funeste,* &c.

LA Discorde, impie et cruelle,
A Gnide étant venue un jour,
Cypris bientôt chercha querelle
Aux trois compagnes de l'Amour ;
　　Les Graces, courroucées
　　Contre cette Divinité,
De se venger toutes trois empressées,
　　Tinrent un petit comité.　　(*Bis.*)

« Oui, mes sœurs, s'écria Thalie,
» Punissons l'altiere Vénus :
» Comme elle, Reines d'Idalie,

» Nos droits sont par-tout reconnus.

» Créons une mortelle

» Qui l'éclipse par ses appas.

» Grace à nos soins, il faut la rendre telle

» Que Vénus ne l'égale pas. »   (*Bis.*)

« Donnons-lui, poursuit Euphrosine,

» Avec le souris de l'Amour,

» De Junon la taille divine,

» Et tout l'esprit du Dieu-du-jour.

» Vénus, sous son empire,

» Tient souvent des cœurs pervertis :

» Que sa rivale au sage même inspire

» Des feux qu'il n'a jamais sentis. » (*Bis.*)

Aglaé, non moins irritée,

Dit : « Qu'aux doux accens de sa voix

» L'âme soit émue, agitée,

» Et forcée à subir ses loix.

» Debout à sa toilette,

» Servons-lui de dames d'atours ;

» Pour rendre, enfin, sa victoire complette ;

» En tous lieux, suivons-là toujours. » (*Bis.*)

Après ce discours noble et sage,
Pour ôter le trône à Cypris,

Il falloit créer un ouvrage
Dont tous les cœurs fussent épris ;
Il falloit un modele
De vertus, d'esprit et d'attraits :
La tâche étoit difficile et nouvelle....
Les Graces firent Beauharnois: (*Bis.*)

A MADEMOISELLE T.... G... D...

COUPLET.

Paroles de M. V * * *.

Air : *Réveillez-vous , belle endormie* , &c.

L'ESTIME conduit auprès d'elle,
Puis l'amitié vient à son tour ;
Mais l'amitié , près d'une belle ,
Sans y penser devient amour !

L'AMI DEVENU AMANT,
ROMANCE.

Paroles de M. W * * *; musique de M. Bonvin.

N°. 11, ou air : *Du serin qui te fait envie*, &c.

JE suis simple et novice encore ;
Je palpite au seul mot d'amour,
Et dans mon cœur, je sens éclore
Un nouveau desir chaque jour.
Sur ce qu'il peut, ou qu'il doit faire
Mon cœur ne s'entend qu'à demi :
Ah ! lequel faut-il qu'il préfere
Ou d'un amant, ou d'un ami ?   (*Bis.*)

Si j'écoute la peur secrette
Que m'inspire un engagement,
Tout dit à mon ame inquiete
Qu'un ami vaut mieux qu'un amant ;
Mais bientôt, par un soin contraire,
La peur n'agit plus qu'à demi :
Le desir parle et la fait taire ;
L'amant l'emporte sur l'ami.   (*Bis.*)

Lorsque

Lorsque la palombe fidelle
Sur un rameau va se cacher,
Aussi-tôt je vois auprès d'elle
L'amoureux ramier se percher.
Tous deux, bec à bec, ils palpitent ;
Ils confondent leurs tendres cris :
Dans les transports qui les agitent
Sont-ils amans, sont-ils amis ?   (*Bis.*)

En vain je voudrois m'en défendre,
Puisqu'il faut que je fasse un choix,
L'amour s'est servi de Sylvandre
Pour me faire chérir ses loix.
Je crois qu'il a lu dans mon ame,
Et qu'il le sait plus d'à demi ;
Mais je veux qu'il cache sa flamme
Sous le modeste nom d'ami.   (*Bis.*)

F

L'HYMEN VAINQUEUR DE L'AMOUR,

ROMANCE.

Paroles de M. Mus.

Air : *Que ne suis-je la fougere* , &c.

JE l'aimois, cette Délie,
Cette Circé, que les Dieux,
Pour le malheur de ma vie,
M'ont fait connoître en ces lieux.
Quelle grace enchanteresse !
Que de charmes séducteurs !
En elle tout intéresse :
Elle enchaîne tous les cœurs.

Mais qu'à plaindre est l'amant tendre
Asservi par ses attraits,
Qui ne peut pas se défendre
De ses trop dangereux traits !
Elle promet des délices,
Qu'elle refuse en son cœur,
Et prépare des supplices,
Sous l'apât le plus trompeur !

Ah ! si l'hymen seul te lie ,
Te captive sans retour ;
Pourquoi, cruelle Délie !
As-tu flatté mon amour ?
Tes yeux ont charmé mon ame :
Tes rigueurs m'ont abattu ;
Et je péris par la flamme
Qui fait briller ta vertu.

Bientôt tu verras paroître
Ce trop fortuné mortel
Qui dans ton cœur a fait naître
L'amour aux pieds de l'autel.
Au gré de ta vive attente
Les Dieux hâtent son retour :
Ton ame sera contente ;
Moi.... j'abhorrerai le jour !

O moment que je déteste ,
Tu fais frissonner mon cœur !
A ton approche funeste ,
Je me sens glacer d'horreur !
En ramenant la contrainte ,
Tu feras fuir les Amours :
Ah ! la douleur et la plainte
Vont empoisonner mes jours !

CONSEILS A UNE FEMME AGÉE;

CHANSON.

Paroles de M. de Mayer.

Air de Joconde.

VIEILLIR ce n'est pas seulement
Être courbé par l'âge ;
Ah ! l'absence du sentiment
Nous vieillit davantage.
L'ennui de nos aimables ans
Vient faner la couronne ;
Et nous sommes dès le printems
Déjà dans notre automne.

Si vous voulez charmer le tems,
Et sur son court passage
Fixer les fleurs de vos beaux ans,
Aimez, vous serez sage.
L'amour, avec des tissus d'or,
Mene les jeux en lesse ;
Et tant qu'on aime, on est encor,
Encor dans sa jeunesse.

Si vous voulez plaire toujours,
   Toujours paroître belle,
Demandez encore aux Amours,
   Demandez un modele.
Les Amours sauront beaucoup mieux
   Rajeunir tous vos charmes ;
Et de vos inutiles yeux
   Il vous feront des armes.

Églé, cette jeune beauté,
   Si bien faite pour plaire,
Avant d'aimer, en vérité,
   N'étoit qu'une Bergere ;
Mais dès le moment que l'amour
   Dans son cœur trouva place,
La Bergere le même jour
   Avoit l'air d'une Grace.

LE SECRET DÉCOUVERT,

ROMANCE.

Paroles de M. le Marquis de La Maison-Fort ;
musique de M. Aloès. Nº. 12.

UN jour je rencontrai Babet....
Ah ! que Babet étoit jolie !
J'avois promis que de ma vie
Elle ne sauroit mon secret....
Mais qui peut à l'objet qu'il aime
Ne pas parler de son tourment ?
Souvent, en dépit d'un amant,
   L'amour agit lui-même.

En m'écoutant je vis Babet
En devenir bien plus jolie.
Lors je promis que de ma vie
Je ne tairois plus mon secret.
Oui, toujours à l'objet qu'on aime
Il faut parler de son tourment ;
Et puis après faire , en amant,
   Agir l'amour lui-même.

A l'instant j'embrassai Babet....
Ah ! que Babet étoit jolie !
Je jure bien que de la vie
On n'apprend pas mieux un secret.
Aussi-tôt à l'objet que j'aime,
Faisant partager mon tourment,
Je fis, en véritable amant,
   Agir l'amour lui-même.

Bientôt je vit rougir Babet :
Elle n'en fût que plus jolie....
« Oh ! me dit-elle, pour la vie,
» Ami, je garde ton secret.
» Je sens qu'avec l'objet qu'on aime
» Le plaisir passe le tourment ;
» Et j'adore dans mon amant
   » L'Amour, l'Amour lui-même ! »

LA CONFIDENCE,

Couplets adressés à Madame de M* * *.

Paroles de M. le Bastier de Douincourt.

Air : *La danse n'est pas ce que j'aime*, &c.

Las de suivre en vain la constance,
J'avois fait un jour le serment
D'être à jamais indifférent ;
Je vous vois et votre présence
M'arrache à mon indifférence.
Si je possédois tant d'appas,
Je vous le dis, tout bas, tout bas :
Ah ! quel bonheur ! je n'y survivrois pas ! *(Bis.)*

Vit-on jamais cette élégance,
Ce goût exquis, ce ton charmant ?
Où rencontrer cet enjoûment ?
Terpsichore, quand elle danse,
A moins de graces, moins d'aisance !
Si je possédois tant d'appas, &c.

Si l'ensemble sait nous séduire,
Chaque détail est enchanteur :
Votre bouche est comme une fleur
Qui s'ouvre aux baisers du zéphyre ;
Dans vos regards l'amour respire.
Si je possédois tant d'appas, &c.

Vos beaux cheveux, l'amour les tresse ;
Mais que j'aime quand ce mouchoir,
Par-ci, par-là, laisse entrevoir
Un sein qui s'éleve ou s'abaisse :
Combien en vous tout m'intéresse !
Si je possédois tant d'appas, &c.

Il faut mourir quand on vous aime ;
Mais on meurt bien diversement !
Le choix n'eſt pas indifférent :
On meurt de volupté suprême ;
On meurt aussi de peine extrême !
Si je possédois vos appas,
Je vous le dis, tout bas, tout bas ;
Ah ! je voudrois mourir.... entre vos bras ! (*Bis.*)

COMPLAINTE
ADRESSÉE A L'AMOUR.

Paroles de Madame Dufresnoy.

Air : *O toi, qui n'eus jamais dû naître*, &c.

TU m'as trahie, ô toi que j'aime,
Ingrat ! et je respire encor !....
O mort ! vois ma douleur extrême !
Tu peux seule adoucir mon sort.
  Viens, prend ma vie,
  Ou que j'oublie
L'objet qui cause mes tourmens !....
  Mais, comment faire
  Pour m'en distraire ?
Mon cœur y pense à tous momens !

En vain à mon secours j'implore
De l'amitié le doux appui !
Je pense à celui que j'adore,
Et mon cœur s'envole vers lui !....
  Quel sort terrible
  D'être sensible,

De s'attacher à des ingrats !
    C'est un martyre,
    C'est un délire
Qui se sent, mais ne se rend pas !

Cruel Amour ! reçois mes plaintes!
C'est toi qui causas mon malheur!
De tes traits vainqueurs les atteintes,
Malgré moi, t'ont soumis mon cœur.
    Vois mon suplice,
    Ton injustice....
Tu m'accables de tous les maux ;
    Et le volage
    Qui seul m'engage
Goute le calme et le repos!

Déchire son ame légere,
Fais-là brûler de mille feux....
Qu'aux pieds d'une ingrate Bergere
Il s'épuise en stérile vœux....
    Mais comment faire ?
    Car il doit plaire ;
Il doit captiver tous les cœurs,
    Et le volage,
    Pour son partage,
N'aura jamais que tes faveurs!

SAPHO

SUR LE PROMONTOIRE DE LEUCADE,

ROMANCE.

Paroles de M. de La Mothe ; musique de
M. l'Abbé Auroux. N°. 13.

C'EST donc ici que tes peines finissent,
Cruel amour ! tous les cœurs qui gémissent,
   Épris d'une ardeur sans retour,
Sur ces rochers où les ondes frémissent
   Trouvent la fin de leur amour.   (*Bis.*)

Périsse, hélas ! cette lyre impuissante,
Dont les accords, pleins d'une ardeur nais-
      sante,
   Sembloient dictés par Apollon !
Ni ses accens, ni les pleurs d'une amante
   N'ont pu toucher l'ingrat Phaon ! (*Bis.*)

Jeunes Beautés, qui plaignez mon matyre,
Craignez aussi, craignez l'affreux délire
   Qui me consume nuit et jour !

                                        Dans

Dans vos beaux ans reconnoissez l'empire
De la nature et de l'amour !   (*Bis.*)

Nymphes des mers, Divinités sensibles,
Recevez-moi dans vos ondes paisibles,
Où me conduit mon désespoir !....
Pour mettre fin à mes tourmens horribles,
Mourir est mon dernier espoir.   (*Bis.*)

Un jour, l'ingrat que je hais.... que j'adore !...
Viendra pleurer le trépas que j'implore....
Ah ! par pitié, fidelle Écho,
Fais dans son cœur, fais retentir encore
Les derniers soupirs de Sapho !   (*Bis.*)

Envoi à Madame de * * *.

Air : *Vous l'ordonnez , je me ferai connoître* , &c.

A ses talens si la jeune Lesbienne
Eût joint encor vos graces, vos appas,
Phaon sensible eût volé dans ses bras,
Et sa constance eût égalé la mienne.

G

COUPLETS
ADRESSÉS A ÉLÉONORE.

Paroles de M. de Damas.

Air : *On compteroit les diamans*, &c.

J'AVOIS juré de te haïr....
Vain serment ! quelle est ma foiblesse !
Tu le vois trop, plus je veux fuir,
Plus je suis plongé dans l'ivresse !
Je te cherche en vain des défauts :
L'amour se rit de mes allarmes ;
Et, pour ajouter à mes maux,
Chaque jour ajoute à tes charmes ! (*Bis.*)

Oui, j'idolâtre ta beauté :
C'est la fraîcheur du Dieu de Gnide ;
Mais, las ! du printems à l'été
Combien le passage est rapide !
Plus la rose, Elmire, a d'éclat,
Moins elle a d'instans à paroître ;
Que crains-tu ? de faire un ingrat ?
Mais aimé de toi, peut-on l'être ? (*Bis.*)

Pour me séduire et m'abuser,
Tout semble en toi d'intelligence ;
Mais quand on veut tout refuser,
Pourquoi donner de l'espérance ?
Pourquoi chercher à m'enflammer,
Toi, dont l'humeur est si légere ?
C'est donc à force de t'aimer
Que je perds le droit de te plaire ! (*Bis.*)

Toi, dont j'adore les appas,
En pleurant ton indifférence,
N'est-il pas tems que dans tes bras
Je sois payé de ma constance ?
D'amour alumons le flambeau ;
Goûtons le calme après l'orage :
Jamais le soleil n'est plus beau
Qu'en sortant du fond d'un nuage. (*Bis.*)

COUPLETS

Présentés à Madame * * *, le jour de sa fête, par son fils, âgé de quinze mois.

Paroles de M. Willemain d'Abancourt.

Air : *Du serin qui te fait envie*, &c.

MA bouche, qui bégaye encore,
Peut à peine former un son,
Et c'est dans l'âge où l'on s'ignore
Que je t'adresse une chanson !
Lorsqu'à la mere la plus tendre
J'offre un tribut que je lui dois,
Son cœur, habile à me comprendre,
Saura suppléer à ma voix.   (*Bis.*)

Si mon foible et simple langage
Est impuissant pour m'exprimer,
Je te sais aimer : à tout âge
On connoît le besoin d'aimer.
Les doux accens de la nature
Font déja tressaillir mon cœur ;
A sa voix bienfaisante et pure
Il a deviné le bonheur.   (*Bis.*)

Contre mon sein quand je te presse,
A mes jeux dès que tu souris,
Mes regards te peignent l'ivresse
Que j'exprime alors par mes cris :
Si je souffre, d'une caresse
Tu sais aussi-tôt me calmer ;
Heureux par toi, je veux sans cesse
Mettre mon plaisir à t'aimer.　　(*Bis.*)

CONSEIL AUX AMANS,

COUPLET.

Paroles de M. de La Viéville.

Air : *Avec les jeux dans le village*, &c.

Amans, qui voltigez sans cesse,
En vain vous cherchez le bonheur.
Vous n'éprouvez point cette ivresse
Qui naît d'une sincere ardeur.
Celui que chaque Belle enflamme
Jouit, mais il n'est pas heureux ;
Tous les inconstans n'ont qu'une ame,
Et l'homme fidele en a deux.　　(*Bis.*)

G iij

L'HEUREUX REFRAIN,

COUPLETS ADRESSÉS A Mlle SOPHIE***.

Paroles et musique de M. Porro.

Nº. 14.

POUR ramener un refrain
Que l'Amour dicte à ma lyre ,
Au tendre objet qui m'inspire
Je veux répéter, sans fin :
« Être aimé de ce qu'on aime,
» Voilà le bonheur suprême. »   (*Bis.*)

Si d'Apollon favori ,
Mes chants rendoient la nature ,
S'ils désarmoient la censure ,
Mon art seul auroit joui.
Approuvé par ce qu'on aime ,
Voilà , &c.

Dans un réduit enchanté ,
Voir la matinale Aurore
Cueillir les bouquets de Flore
Est bien une volupté ;

Mais jouir de ce qu'on aime,
Voilà, &c.

Du charme qu'en un lointain
Offre un riant paysage,
Zulmis est la douce image :
Son cœur vierge est incertain ;
Mais, enfin, que ce cœur aime,
Voilà, &c.

Si le plaisir sur mes pas
Sème une fleur d'amourette,
J'en dédaigne la conquête,
Et l'Amour me dit, tout bas :
« Sois fidele au cœur qui t'aime ;
» Voilà, &c. »

Quand des ravages du tems
Je subirai la puissance,
Sur ma lyre ma constance
Redira ces doux accens :
« Vieillir près de ce qu'on aime,
» Voilà, &c. »

Fidele à mon seul amour,
Toujours charmé de Sophie,

Ainsi coulera ma vie,
Et je dirai, nuit et jour :
« Être aimé de ce qu'on aime,
» Voilà, &c. »

———————————————

COUPLETS

Chantés par Mademoiselle Christine Poultier, à sa mere, en lui présentant une fleur, le jour de sa fête.

Paroles de M. d'Él ***.

Air : *Ce fut par la faute du sort*, &c.

DE la plus tendre des mamans
Je voudrois célébrer la fête ;
Pour lui peindre mes sentimens
Que l'Amour soit mon interprête !
Par l'art, sans doute, on peut charmer ;
Mais ce talent mon cœur l'ignore.
Faut-il tant d'art, pour s'exprimer ;
Lorsqu'on chante ce qu'on adore ? (*Bis.*)

La Bergere , auprès d'un ruisseau ,
Aime à cueillir la fleur nouvelle ;
Le Berger , sur son chalumeau ,
Vante son ardeur éternelle :
Moi , je trouve tout mon bonheur
A chanter le nom de ma mere.
Ma voix , pour cet emploi flateur ,
Devient plus souple et plus légere. (*Bis.*)

Cette fleur , sans aucun apprêt ,
Est l'image de ma tendresse.
D'autres d'un superbe bouquet
Pourroient étaler la richesse.
Loin de l'éclat , l'amitié fuit ;
Il lui faut un plus simple hommage.
La vanité cherche le bruit ;
Mais sait-elle aimer davantage ?   (*Bis.*)

LA NOUVELLE PANDORE,

CHANSON.

Paroles de M. Évra.

Air : *Lise demande son portrait*, &c.

D'UN jeune et séduisant objet
  Je trace la peinture.
Vous admirerez le portrait,
  S'il est d'après nature....
Tendre Amour, souverain des cœurs,
  Que l'univers adore !
Donne la vie à mes couleurs :
  C'est toi seul que j'implore !

Isaure, au printems de ses jours,
  Brille au milieu des Belles,
Comme la Reine des Amours
  Parmi les Immortelles.
La rose qui s'épanouit
  Au lever de l'Aurore ;
Le lys, dont l'éclat éblouit,
  S'éclipsent près d'Isaure.

L'Amour sur son joli minois
   Prodigua tant de charmes
Qu'il ne faut la voir qu'une fois
   Pour lui rendre les armes.
Tous les traits dont l'antiquité
   Embellit sa Pandore
Prennent un air de vérité
   Quand on regarde Isaure.

REGRETS

D'une femme d'esprit qui vieillit ;

Couplet, par Madame Belfort.

Air : *Je vous obtiens, vous qui m'êtes si chere*, &c.

JADIS ma Muse étoit ma favorite ;
   Mais elle a perdu son crédit.
C'est vainement que mon ame s'irrite
   De voir qu'on n'aime pas l'esprit.
Ah ! pour jamais j'abjure la science ;
   Sans regret je laisse Apollon,
   Et voudrois changer en Jouvence
   La fontaine de l'Hélicon !

L'AMANT ABANDONNÉ,

R O M A N C E.

Paroles de M. de M * * * ; musique de M. le
Comte de la B * * *.

Nº. 15.

JE ne viens plus, amant heureux,
Comme autrefois, dans ce bocage,
Couronné de myrthe amoureux,
Chanter d'amour le doux servage,
Zélis et ses tendres aveux :
Elle m'aimoit ; Zélis, volage,
Brûle aujourd'hui de nouveaux feux. (*Bis.*)

Vous, discrets témoins de mes feux,
Frais habitans de cet ombrage ;
Vous qui soupirâtes nos vœux,
Plaintif écho du voisinage :
Vous, de ces bois paisibles Dieux,
Apprenez que Zélis, volage,
Brûle aujourd'hui de nouveaux feux. (*Bis.*)

Elle

Elle disoit, dans son ardeur :
« Que j'aime le nœud qui m'engage,
» Ce nœud qui t'assure mon cœur !
» L'hiver flétrira le feuillage
» Vingt fois sur ces ormeaux heureux
» Avant que ta Zélis , volage ,
» Ait alumé de nouveaux feux. »   (*Bis.*)

Ah ! comme toi dans ces beaux lieux
Du cœur je chantois l'esclavage ,
Rossignolet mélodieux....
Mais, suspends ton brillant ramage ;
Redis ma plainte et mes adieux !
Dis par-tout que Zélis , volage ,
Brûle aujourd'hui de nouveaux feux. (*Bis.*)

Je les reçus ces doux sermens ,
Crédule encor , comme au jeune âge ;
Je pensois que ces vains accens
D'Amour étoient le vrai langage.
Je crus mon cœur et ses beaux yeux....
Ils me trompoient ; Zélis , volage ,
Brûle aujourd'hui de nouveaux feux. (*Bis.*)

H

A MA FEMME,
LE JOUR DE MON MARIAGE.
CHANSON.

Paroles de M. de Saint-Ange.

Air : *J'aimons, en dépit de ma mere*, &c.

LA Beauté qui doit son prestige
A l'éclair trompeur des desirs,
Dans l'égarement du vertige
Mene à l'écueil des faux plaisirs.
Ainsi sous un funeste auspice
Brille un phosphore dangereux
Qui nous attire au précipice
A l'instant qu'il charme nos yeux.

Mais le rayon de cette flamme
Que tu fais naître dans mon cœur,
Pur en tes yeux comme en mon ame,
Est l'aurore de mon bonheur.
Oui, ce feu sacré qui m'éclaire,
Semblable au feu des Séraphins,
Me promet le Ciel sur la terre,
Et rendra tous nos jours sereins.

Comme à la vigne se marie
L'ormeau qui lui sert de soutien,
Le nœud d'une union chérie
Joint mon sort à jamais au tien.
Crois-moi, si l'amour le plus tendre
Est le plus doux vœu de ton cœur;
Non, tu n'as plus rien à prétendre,
Et rien ne manque à ton bonheur.

O Fortune, aveugle Déesse!
Toi qui par des nœuds sans retour
Unis les époux sans tendresse,
Toujours en guerre avec l'Amour;
Si tu me fus long-tems perfide,
De tes torts passés je t'absous!
Je suis aimé d'Adélaïde;
Je l'aime, et je suis son époux.

COUPLETS

ADRESSÉS A MADEMOISELLE ***,

Par M. Mus.

Air : *Avec les jeux dans le village*, &c.

QUAND des doux sons de la guittare
Zélis accompagne sa voix
On est troublé, le cœur s'égare ;
De l'Amour on reçoit les loix :
On sent couler de veine en veine
Tous les flots de la volupté ;
On chérit, on baise la chaîne
Qu'on tient des mains de la Beauté. (*Bis.*)

Telle la fauvette touchante
Plaît à tous les hôtes des champs ;
Telle Zélis, tendre, charmante,
Pénetre l'ame par ses chants.
Ah ! si la gentille fauvette
Donne aux oiseaux le prix d'amour,
Zélis, pourquoi de ta conquête
Ne jouis-tu pas à ton tour ?   (*Bis.*)

LE DESIR,

ROMANCE.

Paroles de M. Sourdois ; musique de M. Grévin, l'aîné.

N°. 16.

Quand je suis auprès d'Elmire,
Ah ! que je me trouve heureux !
Dans ses yeux je cherche à lire...
Toujours ce qu'on n'ose dire
Est ce que l'on dit le mieux.

Sans apprêts Elmire est belle ;
Elle plaît sans y songer :
Son ame est simple comme elle ;
C'est une rose nouvelle ,
Que l'Amour va protéger.

Ah ! si , parcourant la plaine ,
Je sens le frais des zéphyrs ,
Je dis : « Sensible à ma peine ,
» Elmire , de son haleine ,
» Vient ranimer mes soupirs »

H iij

Au soir , fuyant du bocage ,
Elle emporte mon amour ;
J'emporte aussi son image ,
Et j'aime encor davantage
Quand je la revois au jour.

Ah ! rends ma flamme immortelle ,
Toi qui m'en prescris la loi !
Amour , tu la fis si belle ;
Fais que je sois tout pour elle ,
Comme Elmire est tout pour moi !

COUPLETS

*Adressés à Mademoiselle Caroline de *** ,*

Par M. d'Arnaud.

Air : *Daigne écouter l'amant fidele et tendre ,* &c.

Reçois ces fleurs , charmante Caroline ;
C'est un tribut qu'on porte aux pieds des Dieux,
Et n'es-tu pas de la même origine? } Bis.
Tout le décele au pouvoir de tes yeux. }

Oui, ta beauté des Dieux même est l'image :
Sur leurs autels partage notre encens.
Esprit, vertus, graces, charmant langage, } *Bis.*
Tu réunis leurs traits les plus puissans. }

Si tu souris, c'est la naissante Aurore,
Qui vient ouvrir la barriere du jour :
A ta fraîcheur on te prendroit pour Flore; } *Bis.*
A ta jeunesse on te croiroit l'Amour. }

Ah ! jouis bien du bonheur de cet âge !
Cueille les fleurs écloses sur tes pas :
Tu fais aimer les fers de l'esclavage, } *Bis.*
Et ton empire a pour nous des appas. }

Sans le vouloir, ton charme nous attire :
On chercheroit en vain à l'exprimer,
Et le cœur seul parviendroit à le dire ; } *Bis.*
Mais il ne peut que se taire et t'aimer. }

COUPLETS

Pour la fête de Madame B * * *.

Paroles de Madame Dufresnoy, sa fille.

Air : *O ma tendre musette*, &c.

AH! quel plaisir extrême
Je ressens en ces lieux !
Auprès de ce que j'aime
Tout répond à mes vœux :
Une volupté pure
S'empare de mon cœur,
Et toute la nature
M'annonce le bonheur !

L'ambitieux, sans cesse,
Recherche la grandeur ;
L'avare la richesse,
Et l'amant une erreur.
La richesse importune,
Et je fuis la grandeur ;
Ma mere est ma fortune,
Son amour mon bonheur.

Plein d'une noble envie,
Souvent à travailler
L'Auteur passe sa vie,
Pour cueillir un laurier.
Sans blâmer sa chimere,
Je sens au fond du cœur
Qu'un baiser de ma mere
Fait plus pour mon bonheur.

O toi qui fut formée
Par la main des Amours,
A te savoir aimée
Tu passeras tes jours.
Que ton ame réponde
Sans cesse à mon ardeur,
Et je vois tout le monde
Jaloux de mon bonheur !

LE BAISER REÇU ET LE BAISER PRIS.

CHANSON.

Paroles de M. Lefranc ; musique de M. Demigneaux.

N°. 17.

Sur la foi d'un proverbe antique,
Lucas s'étoit imaginé
Qu'à l'amant un baiser donné
Perdoit ce qu'il a d'énergique.
La jeunesse croit tout savoir....
Mais aussi pouvoit-il comprendre
Qu'il eût plaisir à recevoir (*Bis.*)
Ce qu'il trouvoit si doux de prendre ?

Pour voler sa chere Isabelle,
Lucas s'épuise en vain détour ;
Mais de l'attaquer, à son tour,
Déja l'espoir rit à la belle.
Dès ce soir il y sera pris,
Et rien ne décele la ruse.
Bien heureux l'amant qu'à ce prix (*Bis.*)
Sa Bergere souvent abuse !

Sur ses pas voici la follette
Qui vole, à la chûte du jour....
« Viens donc voir Blaise, à qui l'Amour
» Vaut un doux baiser de Lisette. »
Lucas arrive, en se pressant....
« Où, dit il; vois-tu la Bergere ?....
» Tiens, reprit-elle, en l'embrassant, (*Bis.*)
» Le nom ne fait rien à l'affaire. »

Le voleur, que l'Amour couronne,
Long-tems crut être dans les Cieux.
Un baiser est si précieux
Quand la tendre amante le donne !
Du présent le divin pouvoir
A Lucas fit bientôt comprendre
Que le plaisir de recevoir   (*Bis.*)
Vaut, au moins, le plaisir de prendre.

LA VUE ET LE DOUTE,

CHANSON,

Librement imitée de l'Espagnol de D. Joseph Vasquez ,

Par M. de Saint-Péravi.

Air : *Jusques dans la moindre chose* , &c,

Beau sexe , ornement du monde ,
Qu'en vous abonde , à la fois,
Beauté , grace , esprit , faconde ,
Très-aisément je le vois ;
Mais , dans tout ce qui vous touche ,
Que votre cœur soit d'accord
Toujours avec votre bouche ,
Beau sexe , j'en doute fort.

L'ame au désespoir ouverte ,
Que Delphinire , aux abois ,
D'un époux pleure la perte ,
Très-aisément je le vois ;
Le jour même à Delphinire

S'il s'offroit un autre choix,
Qu'on la voie alors sourire,
Plus aisément je le crois.

De l'ardeur la plus parfaite
Qu'Églé m'assure cent fois,
Et cent fois me le répete,
Très aisément je le vois ;
A d'autres qu'elle ose faire,
Même jour, le même aveu,
S'il lui paroît nécessaire :
Ma foi ! je le crois un peu !

Que dans le Temple de Gnide,
L'encens fumant jusqu'aux toîts,
Pour seule offrande y préside,
Très-aisément je le vois ;
Mais auprès de Cidalise,
Sans l'heureux secours de l'or,
Que cet encens pur suffise,
Je ne le crois pas encor.

Que l'époux dont sa famille,
Sans son aveu fit le choix,
Soit accepté par Camille,

1

Très-aisément je le vois ;
Mais que , de peur d'être dupe ,
Du choix discret d'un amant ,
Alors elle ne s'occupe ,
Je n'en doute nullement.

Sur sa gorge , à peine éclose ,
Lise , avec ses jolis doigts ,
Arrange un bouquet de rose ;
Très-aisément je le vois ;
Mais que ce soit une ruse
Pour montrer une autre fleur ,
Sous le fin linon recluse ,
Je le crois de tout mon cœur !

Que la modeste Clarisse ,
Qu'hymen attend sous ses loix ,
Baisse les yeux et rougisse ,
Très-aisément je le vois ;
Mais se voit-elle fètée
Dans ce jour rempli d'appas ,
Sans songer à la nuitée ;
C'est ce que je ne crois pas.

Sur cette riche matiere
Qu'on ait mieux parlé que moi ,

Que grande soit la carriere ,
Très-aisément je le voi ;
Ce qui reste encore à dire ,
On le suppose assez bien :
Quant à moi , j'aime mieux rire,
Tout voir , et ne croire à rien.

LA CORBEILLE DE ROSES,
CHANSON.

Paroles de M. Gabiot de Salins.

Air : *C'est la fille à Simonette* , &c.

DE Babet, la jardiniere,
Lucas est amoureux sot ;
Mais Babet fait la sévere ,
Parce qu'il fait le nigaud.
Lucas, que l'Amour éveille,
Quitte son air emprunté ;
Et Lucas, banni la veille,
Est bien près d'être écouté.

Une corbeille de roses
Chargeoit Babet l'autre jour ;

Et ces fleurs fraîches écloses
Etoient des roses d'Amour.
Lucas , que ce Dieu réveille ,
En prend deux boutons pour lui :
On le trouvoit sot la veille ;
Il est charmant aujourd'hui.

« Cette rose vient d'éclore ,
» Elle suivra son bouton ;
» Laisse-moi la prendre encore ;
» Ou plutôt fais-m'en le don. » ——
Babet , la puce à l'oreille ,
Tremble ; alors notre galant
S'empara de la corbeille :
Babet le trouva charmant !

De la gente jardiniere
Le goût est celui du jour ;
Agir , voilà la maniere
Dont on fait par-tout l'amour.
Le Céladon qui sommeille ,
Rempli de timidité ,
N'a qu'à saisir la corbeille ,
Il est sûr d'être écouté.

L'AMANT TRAHI ET GÉNÉREUX,

ROMANCE.

Paroles et musique de M. le Comte de Marsane.

N°. 18.

Ecoutez, sensibles cœurs,
Cette Romance nouvelle ;
Je vais chanter les malheurs
De l'amant le plus fidele.
Ce fut le jour d'un tournoi
Qu'Amour maîtrisa son ame....
Dangereux enfant, pourquoi
Allumas-tu cette flamme ?

Ébloui par son vainqueur,
(Raisonne-t-on à cet âge ?)
Des prix dûs à sa valeur
A Lucide il fit l'hommage :
« Ah ! dit-il, à demi-voix,
» Ne m'ôtez pas l'espérance !
» Trop heureux si votre choix
» Couronne enfin ma constance ! »

Lindor, enivré d'amour,
Ne respiroit que pour elle,
Et lui juroit chaque jour
Une tendresse immortelle.
Puisse-t-il jouir long-tems
D'un bonheur qu'il croit suprême !
L'erreur qui trompe nos sens
Vaut bien la vérité même.

L'amant vraiment vertueux
Ne croit point à l'infamie.
Il étoit trop généreux
Pour soupçonner son amie,
Quand, par l'effet du hasard,
Il découvrit que son page
Toutes les nuits, à l'écart,
Entretenoit la volage.

Il eût percé ce rival
Dans la fureur qui l'agite,
Si ce couple déloyal
N'eût échappé par la fuite ;
Mais, vaincu par son tourment
Et par sa course incertaine,

Il perdit tout sentiment
Sur les bords d'une fontaine.

Il y rencontra l'appui
D'un vertueux Cénobite,
Qui l'entraîna, malgré lui,
Sous le chaume qu'il habite :
« Méprisez, beau Chevalier,
» Méprisez qui vous outrage.
» D'un intrépide guerrier
» Rappellez tout le courage. —— »

« Je renonce à me venger,
» Et du page et de Lucide ;
» Mais qui peut me dégager
» Des chaînes de la perfide ?
» Elle est lasse de régner
» Sur le cœur le plus sensible ;
» Je voudrois la dédaigner :
» Cet effort m'est impossible ! »

« Quand ses traits victorieux
» Frapperent mon ame émue,
» Rien d'aussi beau sous les Cieux
» Ne vint s'offrir à ma vue.

» Vous qui bravez dans ces lieux
» Le feu pur qui me dévore ,
» Si vous voyiez ses beaux yeux ,
» Ah ! vous aimeriez encore ! »

Mais chaque instant semble aigrir
Ce cœur franc que l'on outrage :
Déja le lys vient flétrir
Les roses de son visage :
« Voici mon dernier moment ,
» Mon pere ; je vous confie
» Celle qui fit l'agrément
» Et le malheur de ma vie ! »

Lindor , en amant discret ,
Tenoit caché sous ses armes
Un porte-feuille à secret ,
Qu'il arrosa de ses larmes :
Alors il montre au vieillard
Le portrait de l'infidelle.
Ce fut son dernier regard ;
Mais il fut encor pour elle.

LE RÉVEIL DE NINA,

ROMANCE.

Paroles de M. Desfontaines.

Air : *Quand le bien-aimé reviendra*, &c.

L'AMOUR, sensible à mon tourment,
De ma raison me rend l'usage ;
Mais, hélas ! depuis ce moment,
Suis-je plus heureuse, ou plus sage ?....
Non, je l'éprouve. (*Bis.*) Non, non. (*Bis.*)
Ne vantons point notre raison.   (*Bis.*)

L'Amour, au gré de son pouvoir,
Prêtoit un charme à mon délire,
La raison ne me fait prévoir
Qu'un avenir qui me déchire....
Non, je l'éprouve, &c.

Cette raison, qu'il faut chérir,
Un baiser vient de me la rendre ;
Des chagrins qu'elle fait souffrir

Un baiser peut-il me défendre ?
Non, je l'éprouve, &c.

L'hymen couronne notre espoir ;
Le plaisir succede à la peine....
La raison me dit que ce soir
La mort peut rompre notre chaîne...
Non, je l'éprouve, &c.

Germeuil me dit, chaque matin :
« Oui, ma Nina, c'est toi que j'aime ! »....
La raison me dit que demain
Il peut cesser d'être le même....
Non, je l'éprouve, &c.

Ainsi, durant un court sommeil,
L'Amour nous fait jolis mensonges :
La raison presse le réveil ;
Réveil plus long que tous nos songes !....
Non, je l'éprouve, &c.

A UNE FAUVETTE,

Envoyée dans une cage à Madame la Comtesse de * * *,

ROMANCE.

Paroles de M. de Laurenval.

Air : *Je l'ai planté, je l'ai vu naître,* &c.

Laisse-moi, timide Fauvette,
Laissé-moi pleurer dans ces lieux ;
Va charmer l'heureuse retraite
Où l'Amour couronna mes feux.

Tu verras la Beauté frivole
Dont mon cœur est encore épris ;
Qu'au moins ton bonheur me console
De la fierté de ses mépris !

Va, ne crains point ton esclavage ;
Le sort ne t'enleve aujourd'hui
Que le plaisir d'être volage,
Que Thémire eût fixé sans lui.

Aux feux de sa bouche charmante
Ton cœur peut encor s'enflammer,
Et, sous une main caressante,
Ressentir le besoin d'aimer.

Une amante vive et sensible
Viendra partager ton ardeur ;
Et cette prison inflexible
Sera le trône du bonheur.

Là, Thémire aura soin d'étendre
Un duvet ami du plaisir.
Jadis sur un feuillage tendre....
Dieux ! ôtez-moi ce souvenir !

Qu'un jour, au moins, son cœur rebelle
Dise, en voyant des nœuds si doux :
« Tircis étoit aussi fidele ;
» Mais il fut moins heureux que vous. »

L'INGÉNUITÉ;

L'INGÉNUITÉ,

ROMANCE.

Paroles de M. de M * * * ; musique de M. Le Brun, de l'Académie Royale de Musique.

Nº. 19, ou air : *Sans le savoir*, &c.

LISE et Misis, dès leur enfance,
Conduisoient le même troupeau ;
Les jours heureux de l'innocence
Se prolongeoient dans le hameau :
Lise étoit tendre autant que belle,
    Sans le savoir ;
Et Misis plein d'amour pour elle,
    Sans le vouloir.

Si leurs caresses étoient vives,
Ils en ignoroient le danger ;
Et de leurs étreintes naïves
Le feu n'étoit que passager.
Ils atteignirent enfin l'âge,
    Sans le savoir,

K

Où l'on cherche à n'être plus sage,
Sans le vouloir.

Assis tous deux sur la verdure,
Misis, au déclin d'un beau jour,
Sentant son cœur et la nature,
Tenta d'exprimer son amour.
On ne peut pas être sévere,
Sans le savoir ;
Et Misis rendit Lise mere,
Sans le vouloir.

COUPLETS

Adressés à Madame de M * *, donnant
une superbe fête.*

Paroles de M. Crignon.

Air : *Ne v'la-t-il pas que j'aime ? &c.*

Ici, que d'écueils pour nos cœurs !
Tout y plaît, tout m'enchante !
De Nymphes, aux charmes vainqueurs,
Quelle troupe éclatante !

Hélas ! peut-on voir sans amour
Leur beauté peu commune ?
L'on rend les armes, tour-à-tour,
 A la blonde, à la brune !

De ce banquet délicieux
La contrainte est bannie :
A nos vifs transports, à nos jeux
 Préside la folie !

Pour n'amener que la gaîté,
Bacchus bannit l'ivresse ;
Et Vénus à la volupté
 Joint la délicatesse.

Belle Céphise, sous ta loi
Lorsque chacun respire,
De nos plaisirs qui mieux que toi
 Peut étendre l'empire ?

Que de graces et quels beaux yeux !
Quelle voix de syrene !
Que son sourire est gracieux !
 Quel air, quel port de Reine !

      K ij

Mais, chut! terminons ; au plutôt,
Ma peinture fidelle,
Où le peintre se voit bientôt
Épris de son modele.

LE TOMBEAU DE DEUX AMANS,

ROMANCE.

Paroles de M. Willemain d'Abancourt.

Air : *Quand le bien-aimé reviendra*, &c.

LE plus beau Berger du hameau
Aimoit la plus belle Bergere :
Alain n'avoit que son troupeau ,
Chloé que celui de sa mere ;
Mais quand on s'aime ! (*Bis.*) Hélas! hélas!
L'Amour ne les sauvera pas.　　　(*Bis.*)

Tandis que , sous l'œil de leurs chiens,
Leurs troupeaux paissoient l'herbe tendre,
Dans le plus doux des entretiens,
Leur ame aimoit à se répandre :

Ah ! quand on s'aime ! (*Bis.*) Hélas ! hélas !
L'Amour ne les sauvera pas.   (*Bis.*)

Un nuage obscurcit les airs,
Les autans déchaînent leur rage ;
La foudre ébranle l'univers,
Et la nuit ajoute à l'orage :
Ciel !... je frissonne ! (*Bis.*) Hélas! hélas !
L'Amour ne les sauvera pas.   (*Bis.*)

Pour mettre à l'abri leurs troupeaux,
Ils s'enfoncent dans le boccage ;
Un chêne épais, de ses rameaux
Leur offre l'impuissant ombrage :
Ah ! fuyez vîte. (*Bis.*) Hélas ! hélas !
L'Amour ne les sauvera pas.   (*Bis.*)

Mais, où fuir ?... Avec quel fracas
Les vents entr'eux se font la guerre !
L'éclair brille, et l'arbre en éclats
Tombe sous les coups du tonnerre :
Dieux ! quel spectacle ! (*Bis.*) Hélas ! hélas!
Le même instant voit leur trépas.   (*Bis.*)

Dès qu'on apprit leur triste sort,
Ce fut un deuil pour le village ;

Leur tombeau, que l'on voit encor,
S'éleve au milieu du bocage :
Là, l'œil humide ; (*Bis.*) hélas ! hélas !
Le voyageur plaint leur trépas.   (*Bis.*)

Quand l'hiver fait place au printems,
Les Bergeres du voisinage
Vont au tombeau des deux amans
Faire un galant pélerinage ;
Et la plus fiere, (*Bis.*) hélas ! hélas !
Sans soupirer n'en revient pas.   (*Bis.*)

LA TOURTERELLE,

ROMANCE.

Paroles de M. le Prévost d'Exmes ; musique de
M. Grévin, l'aîné.

Nº. 20, ou air : *Nous sommes précepteurs d'a-
mour*, &c.

Toi qui, sans cesse dans nos bois
Forme un accent plaintif et tendre,
Souffre que j'unisse ma voix
Aux plaintes que tu fais entendre !

Si ton portrait n'est point flatté,
Avec toi quelle ressemblance !
On vante ta fidélité,
Et rien n'égale ma constance.

L'Amour fait ta suprême loi ;
C'est lui que ton ame soupire :
Tendre et fidele comme toi,
C'est pour aimer que je respire.

Pour exprimer ta vive ardeur,
Tu suis l'innocente nature ;
De l'art, qui blesse la candeur,
Mon cœur ignore l'imposture.

On ne t'entend point murmurer
Si ta compagne est infidelle ;
Tu sais gémir et soupirer,
Mais sans jamais te plaindre d'elle.

En vain mes rivaux sont d'accord
Pour animer ma jalousie ;
Si je me plains, c'est de mon sort,
Sans jamais accuser Silvie.

Le silence de nos forêts
Charme ta douce inquiétude ;

Au bruit des Cours, à leurs attraits,
Je préfere la solitude.

Ta gloire est dans la liberté,
Et tes soupirs font ta richesse ;
Les grandeurs ne m'ont point tenté,
Et mes trésors sont ma tendresse.

L'AMOUR VAINQUEUR,

COUPLET.

Paroles de Madame Belfort.

Air : *La foi que vous m'avez promise*, &c.

L'AMOUR, sous un épais ombrage,
Folâtroit avec les Zéphyrs,
Et du rossignol le ramage
Redoubloit encor ses plaisirs.
Lise y dormoit sur la verdure ;
Il la blesse et dit : « L'heureux jour !
» Tout m'est soumis dans la nature :
» Son cœur seul manquoit à l'Amour. »

LE RENDEZ-VOUS,

ROMANCE.

Paroles de M. Léonard.

Air : *Vous qui de l'amoureuse ivresse*, &c.

Myrtile brûlé pour Glicere
 Des feux d'amour ,
A la porte de la Bergere
 Disoit un jour :
« O ma charmante pastourelle !
 » Reconnois-moi !
» Permets que ton amant fidele
 » Entre chez toi. »

Glicere l'avoit vu paroître
 Et l'entendit ;
Mettant la tête à la fenêtre ,
 Elle lui dit :
« Quand ma mere sera couchée ,
 » Reviens ce soir.
» Maintenant , Glicere empêchée
 » Ne peut te voir. »

Le soir vient ; le plaisir appelle
    L'heureux amant :
Il frappe au logis de la Belle,
    Bien doucement,
Et murmure à sa tendre amie,
    Deux ou trois fois :
« Ouvre-moi vîte, je t'en prie ;
    » Entends ma voix ! »

A ces mots, la jeune innocente,
    Le cœur troublé,
Va, d'une main impatiente,
    Tourner la clé ;
Puis au Berger fermant la bouche,
    Lui dit, tout bas :
« Ma mere est là sur cette couche,
    » Ne parle pas ! »

Elle avoit un chapeau de rose,
    Un corset blanc,
La collerette à demi-close,
    Le sein tremblant ;
Les cheveux flottans autour d'elle,
    Et les pieds nuds.
Dans ce désordre elle étoit belle
    Comme Vénus.

Je ne sais ce qu'à l'ingénue
　　Myrtile apprit :
Aujourd'hui, quand il la salue,
　　Elle rougit ;
Et si l'on parle d'amourette
　　Et de ses jeux,
Glicere, confuse et muette,
　　Baisse les yeux.

LA PUNITION AMOUREUSE,

ROMANCE.

Paroles de M. Lévrier de Champ-Rion.

Air : *O ma tendre musette*, &c.

J'ADORE une Bergere,
　Belle comme l'Amour ;
　Mais dont l'humeur légere
　'M'afflige chaque jour.
　Desirs, persévérance,
　Sermens; rien n'est compté :
　Elle hait la constance,
　Moi, la fidélité.

De fleurs à ma brunette
Quand j'offrois un bouquet,
Elle en paroit sa tête,
J'en parois son corset.
Mes fleurs, mon espérance,
Tout d'elle est rejetté :
Elle aime l'inconstance,
Moi, la fidélité.

Sur ma douce musette,
Je chantois mon bonheur.
Mes chants flattoient Lisette :
Ils parloient à son cœur;
Mais quelle différence !
Hélas ! cette beauté
Préfere l'inconstance
A la fidélité !

Sur la trame discrette
Nos deux chiffres placés,
Par l'Amour et Lisette
Furent entrelacés.
Après cette assurance,
Me serois-je douté

Qu'on

Qu'on payât ma constance
D'une infidélité ?

O Bergere cruelle !
Suivez votre penchant....
Peut-on avoir, si belle,
Un cœur aussi méchant ?....
L'amour est ma vengeance ;
J'en fais ma volupté :
Je punis l'inconstance
Par ma fidélité !

L'AMANTE INDULGENTE,

ROMANCE.

Paroles et musique de M. Bourignon de
Saintes.

N°. 21, ou air : *Jusques dans la moindre chose*, &c.

QUAND à toi mon cœur se donne,
Et se livre à tes desirs,
Sans pitié, tu m'abandonne
Au murmure des soupirs.

L

De cet excès de tendresse
Si je ne puis me guérir ,
Je dois cacher ma foiblesse ,
Sous les pleurs du repentir.

De ta plaintive maîtresse
Viens adoucir les ennuis ;
Ce cœur mourant de tristesse
Peut revivre à ton souris.
L'Amour fait couler mes larmes ;
Mais , loin de les regretter ,
Las ! j'y trouverois des charmes ,
S'il venoit les *essuyer.*

Amant parjure et volage ,
Tu n'écoutes plus ma voix!...
Nature , Amour , qu'il outrage ,
Armez-vous , vengez vos droits !...
Qu'ai-je dit ?.... Ah ! je m'abuse ,
N'en croyez pas ma douleur !
L'amant que ma bouche accuse
Est l'idole de mon cœur !

MA FAÇON D'AIMER,

CHANSON.

Paroles de M. Duchosal, Avocat en Parlement.

Air : *Tout roule aujourd'hui dans le monde*, &c.

VOUS qu'une sombre jalousie
Tourmente la nuit et le jour ;
Pour passer doucement la vie
Sachez comment je fais l'amour.
Quand la fleur s'offre, j'en dispose ;
Je ne vis que pour ses attraits,
Et tâche d'oublier la rose
Lorsque l'épine vient après.

Doris m'aimoit ; elle est volage :
Je vois triompher mes rivaux ;
La regretter seroit peu sage :
A quoi bon troubler mon repos ?
Non, non, je ris de ce vertige :
Amans, croyez-moi, tout nous dit
Qu'il ne faut pas que l'on s'afflige
Pour la femme qui nous trahit.

L ij

COUPLETS D'UN PERE DE FAMILLE,

Adressés à ses enfans , le jour de sa fête.

Paroles de M. Houet.

Air : *Jusques dans la moindre chose* , &c.

D'UNE fragile conquête
A vingt ans j'étois jaloux.
A cinquante un jour de fête
Me donne un plaisir plus doux.
Quand votre main me couronne ,
Je jouis par mes enfans ,
Et des fruits de mon automne
Et des fleurs de leur printems.

Des sept sages de la Grece
On nous vante le banquet.
Doit-on prendre pour sagesse
Leur insipide caquet ?
Ils commentoient la nature ;
Nous aimons à la chanter.
Notre morale est plus sûre :
Sentir vaut bien disserter.

Pour appui d'un diadême
Si j'avois quatre-vingt fils ,
Je ferois mon bien suprême
De les voir tous bien unis.
La concorde fraternelle
Vaut les trésors de Crésus ;
Pour le prouver , j'en appelle ,
Au faisceau de Scylurus.

Ma muse me parle encore ,
Cher Saint-Ange (1), c'est pour vous.
Dans l'art divin que j'adore
Vos succès nous flattent tous.
Le Dieu du goût qui vous guide ,
Du doigt vous montre l'autel ,
Où pour le galant Ovide
Brûle un encens immortel.

_____

(1) Gendre de l'Auteur.

L'APPROCHE DES QUINZE ANS,

CHANSON.

Paroles de M. de M ∗ ∗ ∗ ; musique de M. le Comte de La B ∗ ∗ ∗.

N°. 22, ou air : *Il n'est qu'un pas du mal au bien*, &c.

AUTREFOIS la jeune Rosette
Chantoit, dansoit à tous momens ;
Nul repos, nuls délassemens ,
Tant elle étoit vive et jeunette !
Rose alors n'avoit pas douze ans. (*Bis 2 f.*)

A chaque jour nouvelle fête ,
Nouveaux jeux et les plus brillans ;
Les plus gais , les plus sémillans
Plaisoient le mieux à la follette :
Rose alors n'avoit pas douze ans. (*Bis 2 f.*)

L'ami voisin , le jeune Amette,
Partageoit ses jeux innocens ;
Sans lui n'étoit d'amusemens :
Las! comment s'amuser seulette ,
Quand on n'a pas encor douze ans ? (*Bis 2 f.*)

Des fleurs dont il faisoit cueillette,
Rose ornoit ses charmes naissans :
Elle recevoit ses présens....
Tant naïve est jeune fillette,
Qui n'a pas encore douze ans ! (*Bis 2 f.*)

Aujourd'hui la belle Rosette
Réforme ses amusemens :
Ce ne sont plus jeux pétulens,
Plus ne danse sous la coudrette ;
C'est que Rose à bientôt quinze ans. (*Bis 2f.*)

Elle sait qu'elle est joliette ;
Rose change ses ornemens :
Plus ne veut des fleurs de nos champs,
Le barbeau, l'humble violette....
C'est que Rose a bientôt quinze ans. (*Bis 2 f.*)

Elle rougit, voyant Amette ;
Pas ne rougissoit à douze ans.
Elle fuit ses aveux pressans,
Fuit.... mais pour y rêver seulette :
C'est que Rose a bientôt quinze ans. (*Bis 2 f.*)

Quinze ans, c'est l'âge d'amourette ;
Oh ! qu'amours sont embarrassans,

Quand allument foyers cuisans
Aux cœurs.... au cœur de la pauvrette
Qui va bientôt avoir quinze ans ! (*Bis* 2 *f.*)

E M M A ,

ROMANCE HISTORIQUE.

Paroles de M. Willemain d'Abancourt.

Air de la Romance d'*Alexis et Justine.*

JE vais d'Eginard et d'Emma
Vous raconter les amourettes :
Pour entendre mes chansonnettes,
Venez , amans ; placez-vous-là.
Ecoutez bien ; c'est la peinture
Des maux que l'on souffre en aimant.
Souvent pour un léger tourment
Le plaisir paye avec usure ;
C'est bien à tort qu'on fuit l'A-
   mour :   } *Bis.*
Sans l'Amour, est-il un beau jour ?

Le galant et docte Eginard
Vivoit au tems de Charlemagne ;

A la Cour, en ville, en campagne,
Toujours dispos, leste et gaillard,
Discret ensemble et petit-maître,
Que de titres pour être aimé !
On devine qu'il a charmé
L'auguste fille de son maître :
C'est bien à tort qu'on fuit l'Amour ; } Bis.
Sans l'Amour, est-il un beau jour ? }

Un air doux, un port gracieux
Distinguoient la jeune Princesse ;
Respirant l'amour et l'ivresse,
Son œil noir lançoit mille feux :
Se voir, s'aimer et se le dire,
Ce fut l'ouvrage du moment ;
Il est naturel en aimant
D'abréger un peu son martyre :
C'est bien à tort qu'on craint l'A-
    mour ;   } Bis.
Sans l'Amour, est-il un beau jour ? }

Ils se livroient, tout doucement,
Au joli pêché d'amourette ;
Les alentours et l'étiquette
Ne gênoient pas comme à présent :

L'amant alloit chez la Princesse
Où se donnoient les rendez-vous ;
Ces momens paroissoient si doux,
Qu'on les renouvelloit sans cesse :
Si le plaisir naît de l'amour,
Quelquefois la peine a son tour. } *Bis.*

Un jour, ou plutôt une nuit,
(Un conteur doit être fidele)
A l'épreuve la plus cruelle,
Tout-à-coup le sort les réduit :
Un nuage épais, des étoiles
Éteint le feu pâle et tremblant,
Et de la neige, en un instant,
S'étendent les lugubres voiles...
Si le plaisir naît de l'Amour,
Quelquefois la peine a son tour. } *Bis.*

Que devenir ?.... Quel embarras !
Leur tendresse en est absorbée :
Sur la neige fraîche tombée,
D'Éginard on va voir les pas.
Par où s'échapper ? Comment faire ?
L'aurore ajoute à leur frayeur :
Si tout est sû, de l'Empereur

Comment éviter la colere ?....
Tout n'est pas plaisir en amour ,
Quelquefois la peine a son tour.   } *Bis.*

L'heure s'avance , il faut partir....
Éginard craint pour son amante :
Emma troublée , Emma tremblante ,
Voit son amant prêt à périr....
Elle frémit à cette image ;
De son Éginard en danger
Le fardeau lui paroît léger....
Rien n'est impossible au courage.
Si le plaisir naît de l'amour ,
Quelquefois la peine a son tour.   } *Bis.*

Cependant , rongé de soucis ,
(Le trône a les siens) Charlemagne ;
Rêvant au plan d'une campagne ,
A sa fenêtre s'étoit mis :
Il voit le long de la terrasse
Sa fille avancer à grands pas ,
Portant un homme entre ses bras....
Il devine ce qui se passe....
Si le plaisir naît de l'amour ,
Quelquefois la peine a son tour.   } *Bis.*

Le lendemain il fait venir
Les deux amans en sa présence;
Leur embarras, leur contenance,
Va les perdre, va les trahir.
Il conte en riant l'aventure
Dont le hasard le fit témoin.
Leur cœur palpite; est-il besoin
De dire le mal qu'il endure ?
Si le plaisir naît de l'amour,   } Bis.
Quelquefois la peine a son tour.

Tous deux tombent à ses genoux :
Il les releve; il les embrasse;
Il pardonne de bonne grace....
Pardonner, hélas ! est si doux !
C'est l'attribut de la puissance,
C'est le droit le plus beau des Rois...
O nature ! en suivant tes loix
Tout est plaisir et jouissance !
C'est donc à tort qu'on fuit l'Amour; } Bis.
Sans l'Amour, est-il un beau jour ? }

CONSEILS

CONSEILS

ADRESSÉS A MADAME DE ***,

CHANSON.

Paroles de M. de La Vicomterie de Saint-Samson.

Air : *Je connois un amant discret* , &c.

TU sais que mon cœur t'adora ?
  Je ne pus m'en défendre.
Jamais on ne t'en offrira
  De plus vrai , de plus tendre.
Entretiens-donc un feu si beau
  Dans la nuit du mystere ;
Car l'Amour éteint son flambeau ,
  Quand le grand jour l'éclaire.   (*Bis.*)

Mes sentimens te sont connus ;
  Ils avoient su te plaire.
Présentons encore à Vénus
  L'encens pur de Cythere.
A mes yeux , sur la fin du jour ,
  Montre-toi sans parure ;

M

Et donne le soin à l'Amour
De garder ta ceinture. (*Bis.*)

L'autre printems, je t'accusois :
Pardonne une injustice !
Je t'adorois et t'offensois ;
Juge de mon supplice !
Songe que ce printems n'est plus ;
Que la beauté sauvage
Se meurt de regrets superflus
D'avoir été trop sage. (*Bis.*)

LE VIEILLARD AMOUREUX,

ROMANCE.

Paroles de M. le Comte de Marsane ; musique
de Madame * * *.

N°. 23, ou air : *Jusques dans la moidre chose*, &c.

C'EST en vain que l'on differe :
Voici l'hiver de mes ans,
Et les fleurs qu'Amour préfere.
Ne se cueillent qu'au printems.

Des ris la troupe légere
Va s'envoler pour toujours.
Les cheveux gris à Cythere
Sont proscrits par les Amours.

Le doux plaisir, ma Glycere,
Que je trouvois à t'aimer,
Sous le voile du mystere,
Avoit su te désarmer.
Que je regrette l'ivresse
Des délicieux momens
Où tu payois ma tendresse
Par les mêmes sentimens !

D'Anacréon la vieillesse
N'éloigna point les Amours ;
Dans les bras de la mollesse
Il les célébra toujours.
En tout tems un beau visage
Eut le droit de le charmer :
Eh ! pourquoi donc à mon âge
N'oserai-je plus aimer ?

LE TOURMENT DE L'ABSENCE,
ROMANCE.

Paroles de M. V * * *, fils.

Air : *Loin de toi, tendre Thémire*, &c.

LOIN de toi, ma jeune amie,
Je meurs à tous les instans :
Ton image trop chérie
Redouble encor mes tourmens !
Par-tout ma tendresse extrême
Me retrace un souvenir ;
En vain je me fuis moi-même...
Je ne puis jamais te fuir.

Si dans la forêt prochaine
Je vais chercher du repos,
Loin de soulager ma peine,
Je ne fais qu'aigrir mes maux :
Cette forêt me rappelle
Un jour bien cher à nos cœurs !
J'entends une tourterelle,
Et je sens couler mes pleurs.

Si je descends dans la plaine,
Je mesure avec effroi
La longue route qui mene
Aux lieux où tu vis sans moi ;
Si quelquefois à la ville
Je cours chercher la gaîté,
Je vois un amant tranquille,
Et j'en suis plus tourmenté.

Ce ruisseau, dont l'onde pure
S'échappe tout près de moi,
Si j'écoute son murmure
Je crois qu'il parle de toi :
Je te cherche, je t'appelle,
Hélas ! quelle est mon erreur !
Tu n'es point ici, cruelle !
Tu n'es qu'au fond de mon cœur !

LA CONFESSION DE DESDÉMONA,

ROMANCE EN DIALOGUE,

Imitée de l'Anglois de Sakespear.

Paroles de M. le Chevalier de Cubieres.

Air : *Que ne suis-je la fougere*, &c.

DESDÉMONA.

Est-ce Othello qui s'avance ?

OTHELLO.

Oui, Desdémona, c'est moi.

DESDÉMONA.

Quel bonheur ! votre présence
Dissipe tout mon effroi.
Dans la nuptiale couche,
Placez-vous à mes côtés....
Mais, Ciel ! quel regard farouche
Lancent vos yeux irrités !

OTHELLO.

Avez-vous prié, Madame ?

DESDÉMONA.

Oui, cher époux, chaque soir
Je prie, et du fond de l'ame,
Le Dieu qui fait mon espoir.

OTHELLO.

Eh! bien, s'il vous reste encore
Quelque crime à dévoiler,
Que votre bouche l'implore....

DESDÉMONA.

Ciel! vous me faites trembler!

OTHELLO.

Confessez-lui tout, sur l'heure,
Vous n'avez plus qu'aujourd'hui.
Il faut, avant que l'on meúre,
Entrer en grace avec lui.

DESDÉMONA.

Est-ce que ma mort s'apprête?

OTHELLO.

Oui, sans doute.

DESDÉMONA.

Ah! cher époux!

Qu'un moment ton bras s'arrête !
Je le demande à genoux !

OTHELLO.

Puisse le Ciel vous entendre,
Et, sur-tout, vous pardonner !

DESDÉMONA.

Othello ! ton cœur est tendre,
Et tu peux me condamner ?

OTHELLO.

Oui, je suis inexorable,
Perfide ! tu m'as trompé ;
Et tu vas tomber, semblable
Au lys par le fer coupé !

DESDÉMONA.

Trahir un feu légitime,
Et vous tromper lâchement !
Je n'ai point commis ce crime ;
Non, je vous en fais serment.
Quand votre bras redoutable
Va trancher mes tristes jours,
Si d'un seul je suis coupable,
C'est de vous aimer toujours !

CHACUN A SON TOUR,

CHANSON.

Paroles et musique de M. le Comte de La B***.

N°. 24.

Sous un berceau, Lise dormoit ;
Le Berger Myrtil, qui l'adore,
Pour l'éveiller, avant l'aurore,
Doucement, près d'elle, chantoit :
    « C'est bien dommage
     » Qu'à son âge
    » Le tendre amour
    » N'ait pas son tour ! »

    « Son teint à la blancheur du lys
    » Réunit l'éclat de la rose,
    » Et sur sa bouche, demi-close,
    » Tendrement folâtrent les Ris ;
     » Mais quel dommage
     » Qu'à son âge
    » Douceur d'amour
    » N'ait pas son tour ! »

« Lorsqu'elle entr'ouvre ses beaux yeux,

» Elle nous fait assez connoître

» Que son regard peut donner l'être

» Au mortel le moins amoureux ;

 » Mais quel dommage

  » Qu'à son âge

 » Ce doux regard

 » Soit de hasard ! »

« Sa voix touchante me ravit !

» La trop jalouse Philomèle

» Ne pourroit chanter avec elle ,

» Sans bientôt mourir de dépit ;

 » Mais quel dommage

  » Qu'à son âge

 » Chanson d'amour

 » N'ait pas son tour ! »

Lise soupire à ce portrait.

Des premiers feux de la tendresse

Elle sent la brûlante ivresse.

Tout bas, son petit cœur disoit :

 « C'est bien dommage

  » Qu'à mon âge

 » Douceur d'amour

 » N'ait eu son tour ! »

Myrtil lui répond : « Je te crois. »
La pauvre Lise est interdite.
Un baiser fait prendre la fuite ;
Un baiser la ramene au bois.
   Sous le feuillage
    On s'engage :
   « Bon ! dit l'Amour,
   » C'est à mon tour ! »

MES REGRETS,

ROMANCE.

Paroles de M. Raté.

Air : *Ce mouchoir, belle Raymonde, &c*

Autrefois j'aimois Zélie ;
Son cœur étoit sans détour :
Chaque jour, dans la prairie,
Etoit pour nous un beau jour ;
Mais depuis que je l'adore,
Je n'ai plus d'heureux momens....

. Hélas ! que n'est-elle encore } *Bis.*
- Aussi simple qu'à dix ans !

Elle eut craint d'être farouche ,
Et tous les jours , sans dessein ,
Ma bouche pressoit sa bouche ,
Son cœur battoit sous ma main ;
Aujourd'hui que j'ai pour elle
Des desirs , des soins pressans ,
Hélas ! je la vois cruelle....
Que n'a-t-elle encor dix ans ! } *Bis,*

On nous voyoit, sans mystere ,
Suivre l'Amour pas à pas ,
Et n'avoir qu'un même verre
Dans nos champêtres repas.
Loin du bonheur que j'envie ,
Le vin flatte peu mes sens :
Pour le boire avec Zélie
Que n'a-t-elle encor dix ans ! } *Bis.*

Pour la rendre plus jolie ,
Amour, que n'as-tu point fait ?
Déja sa gorge arrondie
S'agite dans son corset ;

Ses

Ses yeux sont les vives armes
Dont tu blesses les amans....
Hélas ! avec tant de charmes ,
Que n'a-t-elle encor dix ans ! } *Bis.*

LA CHOSE IMPOSSIBLE ,

CHANSON.

Paroles de M. Le Bastier de Douincourt.

Air de la Romance d'*Alexis et Justine.*

Prêcher à l'homme son devoir ,
Aux gens de robe la justice ,
La pudeur à certaine actrice ,
C'est dire aux aveugles de voir ,
Aux Anglois de se rendre esclaves ;
Aux commis de ne point briller ,
Aux cadédis de reculer ,
Aux François de n'être point braves ;
C'est prétendre que, sans retour , } *Bis.*
Je renonce à chanter l'Amour.

N

Vouloir qu'un Abbé soit décent,
Qu'un Normand garde sa parole,
Qu'un fat cesse d'être frivole,
Qu'un érudit soit amusant ;
C'est vouloir qu'un buveur s'arrête
Lorsqu'il a son verre à la main,
Qu'un vieux renard ne soit pas fin,
Ou qu'un Sultan ne soit pas bête :
C'est prétendre que, sans retour,   } Bis.
Je renonce à chanter l'Amour.

Vouloir qu'un Page soit prudent,
Qu'un Courtisan soit véridique,
Que l'on corrige un fils unique,
Qu'un cuistre ne soit pas pédant ;
C'est vouloir fixer la riviere,
Prendre la lune avec les dents,
Rendre les papillons constans,
Et que Blanchard marche par terre ;
C'est prétendre que, sans retour,   } Bis.
Je renonce à chanter l'Amour.

Si l'on peut me montrer un jour
Un seul Journal sans remplissage,
Un Plaidoyer sans verbiage,

Un Roman sans un mot d'amour,
Je produis un acteur modeste,
Une danseuse sans amans,
Un charretier sans juremens,
Un Docteur qui guérit par geste,
Et je passerai ce beau jour
Sans songer à chanter l'Amour. } *Bis.*

Si quelqu'un peut me faire voir
Des petits vers sans dédicace,
Un Drame sans longue préface,
Une coquette sans miroir ;
Moi, je fais revivre Moliere,
Boileau, Corneille et Fénélon :
Je ne laisse pas un frélon ;
Des beaux esprits j'éteins la guerre,
Et, dès aujourd'hui, sans retour, } *Bis.*
Je renonce à chanter l'Amour.

LA NOUVELLE MARIÉE A SON ÉPOUX,

CHANSON.

Paroles de M. de Lormel de La Rotiere ; musique de M. Bonvin.

Nº. 25 , ou air : *La lumiere la plus pure* , &c.

DE l'air de l'indifférence
Je vis tes premiers aveux ;
La pudeur dans le silence
Etouffa mes premiers vœux.
Tu ne dus pas les entendre ;
Mais, cher époux, en ce jour,
Ah ! qu'il m'est doux de t'apprendre
Combien je cachois d'amour !

Que j'aime à penser encore
A ce tems, cet heureux tems
Où ton aspect fit éclore
En moi ces doux sentimens ?
Tu me paroissois si tendre,
Mon cher époux, en ce jour,

Ah ! qu'il m'est doux de t'apprendre
Combien je cachois d'amour !

Lorsque, pendant ton absence,
Tous les objets, tour-à-tour,
Me retraçoient ta présence,
Ou m'annonçoient ton retour,
J'avois peu l'air de t'attendre ;
Mais, cher époux, en ce jour,
Ah ! qu'il m'est doux de t'apprendre
Combien je cachois d'amour !

Quand, de l'aveu de ma mere,
Ta bouche pressoit ma main,
Tout bas tu disois : « Ma chere,
» Est-ce baiser, ou larcin ? »
Je feignois ne pas comprendre ;
Mais, cher époux, en ce jour,
Ah ! qu'il m'est doux de t'apprendre
Combien je cachois d'amour !

Ces baisers, qui de ta flamme
M'étoient les tendres garans,
Passoient au fond de mon ame ;
Ils embrasoient tous mes sens :

Je ne devois pas les rendre;
Mais, cher époux, en ce jour,
Ah! qu'il m'est doux de t'apprendre
Combien je cachois d'amour!

CONSEIL A UNE JEUNE PERSONNE,

C O U P L E T.

Paroles de M. Gabiot de Salins.

Air : *C'est la petite Thérese*, &c.

D'UN galant, de sa promesse,
Jeune Eglé, défiez-vous :
Le vainqueur de la sagesse
Rarement devient époux !
Pauvre fille qui commence
Par où l'Amour doit finir,
Voit expirer la constance
Dans le berceau du plaisir.

IL ÉTOIT TEMS,

CHANSON.

Paroles de M. de Lautel.

Air : *C'est la fille à Simonette*, &c.

L'AUTRE jour, dans un bocage,
Étendu nonchalamment,
Colinet, sous un feuillage,
Sommeilloit tranquillement.
La fraîcheur de cet ombrage,
Le doux murmure des eaux,
De mille oiseaux le ramage,
Tout l'invitoit au repos.

En ce lieu, la jeune Lise
Cherchant un ombrage épais,
Vient, et voit avec surprise
Le Berger qui prend le frais.
Elle s'arrête, elle hésite,
Elle craint, elle rougit;
Mais le trouble qui l'agite
A la fin s'évanouit.

Si-tôt que l'Amour nous guide ,
On ne voit plus le danger ;
Lise , bientôt moins timide ,
Ose agacer le Berger.
Un secret desir la presse ,
Elle approche en tapinois ,
Et lui prend , avec adresse ,
Sa houlette et son hautbois.

Puis avec une guirlande ,
Pour rendre ses efforts vains ,
Du Berger qu'elle appréhende
Elle enchaîne les deux mains.
Triomphante et satisfaite ,
Elle alloit à petit bruit ,
L'observer d'une cachette ,
Et jouir de son dépit.

Quand tout-à-coup une abeille
Vient réveiller Colinet :
Il ne sait s'il dort, s'il veille ,
Il reste tout stupéfait.
Mais voyant une Bergere
Qui disparoît et s'enfuit ,

Il devine ce mystere,
Rompt sa chaîne et la poursuit.

Lise tombe hors d'haleine,
Colinet va se venger....
Heureusement Célimene
Survient avec son Berger.
Apprenez, jeunes Bergeres
Qui voulez braver l'Amour,
Que ce Dieu ne tarde gueres
A vous braver à son tour.

COUPLETS

Adressés à Mademoiselle Sophie * * * *, le*
jour de sa fête.

Paroles de M. Boutillier.

Air : *Du serin qui te fait envie*, &c.

Voici la fête de Sophie ;
Je t'implore, docte Apollon !
Prête-moi ton divin génie,
Pour célébrer un si beau nom.

Si l'aimable objet qui m'inspire
A tes yeux encor s'est soustrait,
Descends, et viens monter ma lyre ;
Je vais te faire son portrait.　　　　(*Bis.*)

Choisis parmi les Immortelles
Qui parent la voûte des Cieux ;
A ton gré de chacune d'elles
Prends ce qu'elles offrent de mieux :
Tu croiras de cet assemblage
Que rien ne peut être au-dessus ;
Eh ! bien, c'est une foible image
De Sophie et de ses vertus.　　　　(*Bis.*)

Tout aussi belle qu'elle est bonne,
D'un naturel doux, généreux,
Sophie unit en sa personne
Le charme des cœurs et des yeux.
Si tu penses que j'exagere,
Un seul instant quitte les Cieux,
Et viens admirer sur la terre
Le plus bel ouvrage des Dieux. (*Bis.*)

Mais j'entends Phébus qui me crie :
« Je connois cet aimable objet,

» Pour mon malheur j'ai vu Sophie !
» M'en rappeller fait mon regret.
» Cours, si tu veux, à cette belle
» Présenter des vœux, une fleur ;
» Mais ferme les yeux, ou près d'elle
» Tu pourras bien laisser ton cœur. » (*Bis.*)

Quelque danger que je m'apprête,
Quoi qu'en dise mon Apollon,
Je viens, Sophie, à votre fête,
De mon cœur vous faire le don :
Un trop juste penchant m'engage,
Puis-je vous en faire un refus,
Quand vous aimer est un hommage
Que l'on doit rendre à vos vertus ?   (*Bis.*)

LES AVANTAGES
DE L'INDIFFÉRENCE,
CHANSON.

Paroles de M. Nougaret.

Air : *Jusques dans la moindre chose* , &c.

TROP séduit par l'apparence
De plaisirs toujours trompeurs,
D'une heureuse indifférence
Pourquoi fuit-on les douceurs ?
Est-il rien de comparable
Au calme de notre cœur,
Lorsque d'un objet aimable
Il brave l'œil enchanteur ?

Voyez l'océan paisible
Rassurer les matelots....
Mais une tempête horrible
Souleve, agite ses flots,
Qui du ténébreux rivage
Présentent l'affreux séjour :
L'onde est la fidelle image
D'un cœur soumis à l'Amour.

LES

LES AVANTAGES DE L'AGE MUR,

CHANSON.

Paroles de M. de Beaunoir.

Air : *Il faut seconder la nature*, &c.

L'Été roulant sur un char de feux,
 Le printems couronné de rose
Font les beaux jours, non les jours heureux;
Le bonheur sur Saturne repose :
 Il ente le fruit sur la fleur.
 Flore pâlit devant Pomone.
 Chantons les plaisirs de l'Automne :
 L'Automne est l'âge du bonheur.

Dans les bras de la mere d'Amour,
 Adonis, au printems de l'âge,
Fut heureux, mais il le fut un jour.
Titon des ans brave le ravage;
 Et quand quittant ce vieil époux,
 On voit pleurer la jeune Aurore;
 La friponne regrette encore
 Des plaisirs trop courts et trop doux.

O

LE PARFAIT MODELE,

CHANSON.

Paroles de M. Mus.

Air.: *Jusques dans la moindre chose*, &c.

Vous dont l'aimable imposture,
Par de magiques pinceaux,
Offre à nos yeux la nature.
Vivante dans vos tableaux,
Dignes émules d'Apelle,
La Gloire vous montre un prix :
Peignez ; Zélis vous rappelle
Tous les charmes de Cypris.

Peignez la simple innocence,
Toute éclatante d'attraits ;
Peignez l'Amour dans l'enfance :
Zélis en a tous les traits.
Que sa pudeur vous enchante,
Et ranime vos couleurs ;
Représentez-la charmante,
Comme elle est peinte en nos cœurs.

Sa taille est leste , élégante ;
Son port noble est enchanteur.
Que sa douceur est touchante !
Que son sourire est flatteur !
Sa chevelure flottante
Cache et découvre un beau sein ;
Sa fraîcheur est ravissante :
C'est la rose en son matin.

Ses yeux lancent une flamme
Brillante comme un beau jour ;
Elle répand dans notre ame
Tous les feux du tendre Amour.
Que son image à Cythere
Soit le modele charmant
De l'art gracieux de plaire ,
Et d'être heureux en aimant.

TENDRES REPROCHES,
ROMANCE.

Paroles de Madame Dufrénoy; musique de
M. Billiard.

Nº. 26, ou air : *On compteroit les diamans*, &c.

Toi qui, sous des dehors charmans,
Caches le cœur le, plus perfide,
Écoute encor quelques momens
La voix d'une amante timide....
Souviens-toi de cet heureux jour
Où tu vins surprendre mon ame.
L'art te servit mieux que l'Amour
Pour peindre une trompeuse flamme. (*Bis.*)

Les tendres accens de ta voix
Dans mes sens porterent l'ivresse ;
C'étoit pour la premiere fois
Que je connoissois la tendresse.
Tu me promettois le bonheur....
Sans peine je crus ton langage ;
Et lorsque tu fais mon malheur,
Ingrat ! j'aime encor ton ouvrage! (*Bis.*)

LES BAINS D'AMOUR,

Couplets adressés à Madame de * * *, qui
alloit prendre les eaux à Bourbonne.

Paroles de M. de Tournon.

Air : *Cœurs sensibles , cœurs fideles ,* &c.

LES bains sont très-salutaires,
Et, de tout tems observés ;
Hypocrate et ses confreres
Les ont toujours approuvés :
S'il en est de nécessaires
Dans ceux qu'on prend chaque jour ,
Distinguons les bains d'amour.   (*Bis.*)

Ceux-ci sont , belle Julie ,
Pour les langueurs , les chagrins ,
Et sur-tout pour l'insomnie ,
Des spécifiques divins.
Lorsqu'une image chérie
Vous poursuit la nuit, le jour ,
Il faut quelques bains d'amour.   (*Bis.*)

Si c'est une insouciance,
Ces bains doivent l'alléger.
Croyez-moi, plus qu'on ne pense,
Ils pourront vous soulager.
Ayez de la confiance ;
Essayez, au premier jour,
Quelques petits bains d'amour.   (*Bis.*)

Vous connoissez Aspasie ?
Elle a la fraîcheur du lys ;
Par l'incarnat embellie,
C'est l'image de Cypris.
Petits bains sont sa folie :
Elle en prend et nuit et jour ;
Mais ce sont des bains d'amour.   (*Bis.*)

Votre patrone, Julie,
Si renommée à Paphos,
Fut toujours fraîche, jolie,
Aimant les tendres propos.
D'Ovide elle étoit chérie,
Et l'on sait que chaque jour
Ils alloient aux bains d'amour.   (*Bis.*)

Vous voyez que tout dépose
En faveur des bains d'amour.

Je ne sais point d'autre cause
Qui fasse naître un beau jour.
Lorsque l'on cueille la rose,
On est Reine, on tient sa cour
Au milieu des bains d'amour.　　(*Bis.*)

L'AMOUR SACRIFIÉ A L'INTÉRÊT,

ROMANCE.

Paroles de M. Villiers.

Air : *O ma tendre musette !* &c.

TU ne veux plus m'entendre !....
Je t'adore toujours ;
J'ose encore prétendre
A fixer tes amours....
Rosine me délaisse ;
Rosine, par pitié,
Du trouble qui me presse
Partage la moitié !

A l'appât des richesses
Tu m'as sacrifié !

Tes sermens, nos promesses,
Tout est donc oublié ?
Quoi! Rosine me quitte
Pour suivre un grand Seigneur ?....
Rosine fut séduite....
Je connois bien son cœur !

Il te dira, sans cesse,
Qu'il n'adore que toi,
Et sa fausse tendresse
Abusera ta foi.
L'Amour est bien l'idôle
Qu'encensent ses desirs ;
Mais cet Amour s'envole
Sur l'aile des Plaisirs !

LE REFRAIN A LA MODE,

VAUDEVILLE.

Paroles de M. Nougaret ; musique de M. Clément.

Nº. 27, ou air : *Dans un bois solitaire et sombre* , &c.

DANS ce siecle on craint la sagesse ;
Dans le vice on est affermi ,
Et chacun répete , sans cesse :
« Autant de pris sur l'ennemi ! »

Qu'en se jouant ma Muse chante
Ce refrain , toujours si chéri ;
Que la critique s'en tourmente :
Autant de pris sur l'ennemi !

Midas pille orphelin et veuve :
En vain l'honneur en a gémi ;
Il dit : « Mon cœur est à l'épreuve ;
» Autant de pris sur l'ennemi ! »

Plus d'un auteur, tel qu'un corsaire,
Et sans crainte d'être honni,
S'écrie, en volant son confrere :
« Autant de pris sur l'ennemi ! »

Par art le Médecin nous tue ;
Mais quand la mort le frappe aussi,
Et sur la Faculté se rue,
Autant de pris sur l'ennemi !

Jeune tendron qu'Hymen engage,
Suivez les mœurs de ce tems-ci ;
Sortez quelquefois d'esclavage :
Autant de pris sur l'ennemi !

L'Amour, par de douces aubaines,
Vous venge de votre mari,
Et punit ses tendres fredaines :
Autant de pris sur l'ennemi !

Pour vous, époux, dans le ménage
Eprouvez-vous quelque souci ?
Qu'en secret on se dédommage :
Autant de pris sur l'ennemi !

« A nos amans, disent les Belles ,
» Apprenons à manquer aussi ;
» Ne leur soyons pas trop fidelles :
» Autant de pris sur l'ennemi ! »

Sans songer au tems qui nous presse
D'abandonner ce monde-ci ,
Coulons nos jours dans l'alégresse :
Autant de pris sur l'ennemi !

SUR LA PERTE D'UN OISEAU CHÉRI,

ROMANCE.

Paroles de M. de La Mothe.

Air : *Quand le bien-aimé reviendra* , &c.

QU'EST devenu l'oiseau charmant ,
Compagnon de ma solitude ?
Cher moineau , reviens promptement
Dissiper mon inquiétude :
Ma voix t'appelle. (*Bis.*) Hélas ! hélas !
Mon cher Lubin ne revient pas.   (*Bis.*)

Tes caresses et ton amour
Soulageoient ma peine cruelle ...
De mes amis , jusqu'à ce jour ,
Lui seul m'étoit resté fidele ;
Mais il s'envole. (*Bis.*) Hélas ! revien
Pour mon bonheur , et pour le tien. (*Bis.*)

Tu mourras de faim dans nos champs ;
De frimats la terre est couverte :
Ton bonheur , aux jours du printems ,
M'auroit consolé de ta perte.
Dans mon asyle , (*Bis.*) hélas ! revien ;
As-tu jamais manqué de rien ?   (*Bis.*)

Jusqu'au mois de la volupté ,
Près de moi , reviens dans ta cage ;
Puis , je te rends la liberté
De faire l'amour au bocage....
En vain j'appelle , (*Bis.*) hélas! hélas !
L'ingrat Lubin ne m'entend pas! (*Bis.*)

L'EMBARRAS

L'EMBARRAS DU CHOIX,
CHANSON.

Paroles de M. d'El * * *.

Air : *Sous un saule dans la prairie* , &c.

DEUX sœurs font toute ma folie ;
Je les adore , tour-à-tour :
L'une a les talens d'Uranie ;
L'autre a les charmes de l'Amour.   (*Bis.*)

Aglaé , de la fleur nouvelle ,
Joint la jeunesse et la fraîcheur.
Hélas ! que n'est-elle moins belle !
Peut-être, aurois-je encor mon cœur. (*Bis.*)

Sa sœur , avec délicatesse ,
De l'ennui chasse le poison :
Elle déride la sagesse ,
Et fait sourire la raison.   (*Bis.*)

Je voudrois bien que de ma vie
Le cours fût ainsi partagé :
Passer mes jours près de Sophie ,
Et mes nuits avec Aglaé.   (*Bis.*)

P

COUPLETS IMPROMPTUS,

*Sur le mariage de Mademoiselle Vanhove,
de la Comédie Françoise, avec M. Petit.*

Paroles de M. A * * *.

Air : *Du serin qui te fait envie*, &c.

Les Dieux d'Amour et d'Hyménée
Vous ont assuré leurs faveurs,
Et d'une chaîne fortunée,
Pour jamais, unissent vos cœurs ;
Mais, pour la rendre plus durable,
Le Dieu des Arts y joint ses dons,
Et des Talens la troupe aimable
L'embellira de ses festons.   (*Bis.*)

Lorsque l'Amour qui vous enflamme
Voudra suspendre ses travaux,
Que d'amitié la douce flamme
Puisse en éclairer le repos !
Au moindre jeu de sa paupiere
Soudain elle disparoîtra,
Et ne reprendra sa lumiere
Que quand l'enfant s'endormira.   (*Bis.*)

LES TRISTES SOUVENIRS,

ROMANCE.

Paroles de M. Hoffman ; musique de M. Barrois.

N°. 18 , ou air : *N'est-il amour sous ton empire* , &c.

J'Y songerai toute ma vie !....
 Voilà le lieu
Où ma tant belle et douce amie
 Me dit adieu.
Chaque jour au même bocage
 Je viens exprès,
Et ne trouve sous le feuillage
 Que des regrets !

Pourtant, moi qui suis tant à plaindre ,
 Je fus heureux.
Trop heureux, j'étois loin de craindre
 Ce coup affreux.
Sur cette herbe alors si jolie,
 A chaque jour,

J'étois sûr de trouver Zélie,
    Et puis l'Amour.

En vain, gentille souvenance,
    Vous me flattez ;
Au lieu d'adoucir ma souffrance,
    Vous l'augmentez.
Quand on est loin de ce qu'on aime,
    Plus de plaisir !
Le souvenir du plaisir même
    Coûte un soupir !

LE TEMS PASSÉ,

CHANSON D'UN BON VIEILLARD (1).

Paroles de M. Willemain d'Abancourt.

Air : *Il n'est qu'un mal, il n'est qu'un bien*, &c.

DU siecle où j'ai passé mes jours
Je vais vous raconter l'histoire ;

---

(1) Cette bagatelle a eu le sort de toutes celles qui courent manuscrites : on s'est permis d'y faire des corrections, et sur-tout des additions, auxquelles l'Auteur n'a point eu de part. Il donne ici son Ouvrage tel qu'il l'a fait. (Note de l'Auteur.)

Prêtez l'oreille à mes discours :
Témoin fidele on peut me croire.
Or écoutez, petits et grands,
Un bon vieillard de quarante ans.

J'ai vu, j'étois bien jeune alors,
Le plaisir encor sur la terre ;
Heureux, sans trouble et sans remords,
Chacun n'aimoit que sa Bergere.
Le bon vieillard de quarante ans
Dit que c'étoit-là le bon tems.

J'ai vu depuis le sentiment
Fuir devant l'intérêt sordide ;
J'ai vu Plutus, à prix d'argent,
Marchander la beauté timide :
J'ai vu l'Amour et les amans
Relégués dans les vieux romans.

J'ai vu de petits grands Seigneurs,
Fiers du hasard de leur naissance,
Foulant aux pieds vertus et mœurs,
S'afficher par leur insolence :
Reconnoît-on dans leurs enfans
Ces Paladins du bon vieux tems ?

J'ai vu des faquins à Paris
Cités comme autant de grands hommes :
J'ai vu Barons, Comtes, Marquis
N'être pas même Gentilshommes ;
Mais j'ai peu vu de Bourvalais (1)
Se souvenir qu'il fût laquais.

Très-habile à cacher son jeu,
J'ai vu souvent plus d'un Thersite
Obtenir, au coin de son feu,
La récompense du mérite :
J'ai vu le talent avili ;
J'ai vu l'honneur mis en oubli.

. . . .

J'ai vu le mérite oublié
N'avoir pas même de chaumiere ;
J'ai vu Rousseau marcher à pié,
Et des histrions en litiere :
Combien de fois n'ai-je pas vu
L'intrigue écraser la vertu !

J'ai lu cette foule d'écrits,
Nés de la rage de médire ;

_____

(1) Fameux parvenu, qui ne s'oublia jamais.

J'ai lu, relu nos beaux esprits,
J'ai regretté de savoir lire :
Hélas ! sans Voltaire et Rousseau
Ils eussent creusé mon tombeau.

. . . .

Autrefois j'ai vu le bon goût
Dicter les arrêts du Parterre ;
Aujourd'hui l'on applaudit tout ,
Et j'ai vu bâiller à Moliere. :
J'ai vu, j'en eus bien du chagrin ,
Thalie un mouchoir à la main.

J'ai vu.... je ne finirois pas ,
Et pourtant il faut que j'acheve ;
Une autre fois , je suis trop las ,
Je vous raconterai mon rêve :
Encore un couplet , pour finir ,
Et c'est le seul à retenir.

J'ai vu, que ce fut un beau jour !
La Vertu porter la couronne ;
J'ai vu les Graces à la Cour ,
Et la probité sur le trône.
Ce spectacle a fait dans mon cœur
Passer le calme du bonheur.

LE PROJET,

CHANSON.

Paroles de M. de La Viéville.

Air : *Tout le village ignore*, &c.

J'ADORE Éléonore,
Elle approuve mes feux ;
Sa maman, jeune encore,
Nous obsede tous deux :
Sa juste défiance
Invite à la trahir.
A tromper sa prudence
J'aurai bien du plaisir !

Son aimable conquête
Tenteroit jusqu'aux Dieux.
Le moindre tête-à-tête
Combleroit tous mes vœux.
Sa vive impatience
Égale mon desir :
N'eût on que l'espérance,
Ça fait toujours plaisir.

LE NOUVEAU NARCISSE,

CHANSON ANACRÉONTIQUE.

Paroles de M. de Saint-Péravi ; musique de
M. le Baron de Bernstorff.

N°. 29, ou air : *D'un ruisseau qui coupoit la
plaine*, &c.

Assis au bord d'une fontaine,
Où j'aimois à mêler mes pleurs,
De mon ingrate et belle Hélene
Ma voix déploroit les rigueurs.

Dans la langueur triste et profonde
Où tous mes sens étoient plongés,
Je disois : « Voyons dans cette onde
» Si mes traits sont beaucoup changés.

» Narcisse, amoureux de lui même
» Au cristal des eaux se miroit ;
» Toujours de la beauté que j'aime,
» Moi, je n'y vois que le portrait.

» Le malheureux, dans son délire,
» Il brûloit d'une vaine ardeur !
» Touchés enfin de son martyre,
» Les Dieux le changerent en fleur.

» Dieux ! votre bonté souveraine
» Me devroit mieux un tel destin !
» Je serois cueilli par Hélene ,
» Et j'expirerois sur son sein ! »

PORTRAIT DE MON AMIE,

C H A N S O N.

Paroles de M. Lévrier de Champ-Rion.

·Air : *Annette à l'âge de quinze ans* , &c.

LE portrait que je vais tracer
Est difficile à commencer.
Pourquoi tant d'appas à la fois ?
    L'Amour s'excite....
    L'Amour hésite
    A faire un choix.

On vante les traits ingénus
D'Hébé, de Flore et de Vénus.
Eh ! bien, malgré ce qu'on dira ,
    Ma bonne amie
    Est plus jolie
    Que tout cela.

Le jasmin n'a pas sa blancheur,
La rose n'a pas sa fraîcheur ;
C'est dans ses yeux que la gaîté
    Tient son empire
    Et que respire
    La volupté.

De son sein le double contour
Fut fait tout exprès pour l'Amour.
Par fois il veut se reposer ;
    Mais on l'agite,
    Mais on l'irrite
    Par un baiser.

De tous mes feux discret témoin,
Amour ! je n'irai pas plus loin.
Ce seroit affliger mon cœur,
    Car à Cythere
    Sans le mystere
    Point de bonheur.

LE POUR ET LE CONTRE,

CHANSON.

Paroles de M. Gabiot de Salins.

Air : *Il pleut, il pleut, Bergere,* &c.

LISE, vois cette rose
Qui vient de s'entr'ouvrir :
Sa beauté fraîche éclose
A fixé le zéphyr.
Lise rougit, soupire.
On étoit au matin....
Enfin, elle ose dire :
« A ce soir donc, Lubin ! »

Mais le soir sur sa tige
La rose se mouroit :
Zéphyr, qui la néglige,
La quitte sans regret :
« Adieu Lubin, dit-elle ;
» En vain vous soupirez :
» Vous n'êtes bien fidele
» Que quand vous desirez ! »

COUPLETS

COUPLETS

Adressés à Madame T***, qui vient d'avoir la petite vérole.

Paroles de M. Knapen, le fils ; musique de M. Billiard.

N°. 30, ou air : *Vous qui de l'amoureuse ivresse*, &c.

ENFIN, te voilà rétablie !
    Je te revois....
Si l'on te trouve moins jolie,
    Pour quelques mois ;
Souviens-toi qu'il n'est sans nuage
    Point de printems,
Et qu'après le plus triste orage
    Vient le beau tems.   (*Bis.*)

La rose en ce moment présente
    Plus de fraîcheur,
Et du papillon, qu'elle enchante,
    Fixe l'ardeur.
Tu ne peux cesser d'être belle,

Q

Pour mon malheur !
Ta glace peut être infidelle ;
Mais non mon cœur.   (*Bis.*)

Chez nous une amitié sincere
Tient lieu d'amour.
Oui, tu me seras toujours chere
Plus que le jour.
Quand on s'est aimé, dès l'enfance,
Si tendrement,
Peut-on ; même sans espérance,
Être inconstant ?   (*Bis.*)

COUPLETS

Adressés à une jolie veuve de vingt ans, qui
ne vouloit plus se remarier.

Paroles de M. Le Bailly.

Air : *Avec les jeux dans le village*, &c.

A vingt ans garder le veuvage,
De Paphos déserter la cour !
Ce parti, bien loin d'être sage,
Est un crime de leze-Amour.

Ouvre encor ton cœur à ses charmes,
Ou de ce Dieu crains le courroux !
Dans tes yeux il a mis ses armes,
Pour être plus sûr de ses coups !   (*Bis.*)

Les instans que le Ciel nous laisse
Sont déja si prompts à s'enfuir !
Doit-on attendre la vieillesse
Pour suivre l'instinct du plaisir ?
Au bonheur l'Amour te convie ;
Cede lui, sans inimitié,
Et songe que de notre vie
Les jours ne font que la moitié !   (*Bis.*)

LE SOUVENIR,
CHANSON ANACRÉONTIQUE.

Paroles de M. Moline ; musique de M. Mayeur
de Saint-Paul.
N°. 31, ou air : *Nous sommes précepteurs d'a-
mour,* &c.

O DAPHNIS ! séduisant Berger !
Si l'aimable enfant de Cythere
Sous ses loix a su m'engager,
Toi seul méritois de me plaire.

Ton air affable, ta candeur
Ont désarmé ma résistance :
Quel autre que toi sur mon cœur
Pourroit avoir tant de puissance ?

Je n'oublîrai jamais ce jour
Où nous dansions sur la fougere :
Timide et tremblant, tour-à-tour,
Tu n'osois lever la paupiere.

Ah ! lorsque tu me pris la main
Je sentis palpiter mon ame.
Ma fierté combattoit en vain ,
L'Amour fit triompher sa flamme !

Avec quel transport enchanteur
De ta foi je reçus le gage !
De ce moment , cher à mon cœur ,
Tout me retrace encor l'image !

COUPLETS

*Adressés, au renouvellement de l'année, à
M. de L * * *, qui habitoit alors la Province.*

Paroles de M. Baudrais.

Air : *Chansons, chansons, &c.*

Ami, tiens, sans cérémonie,
Que je te dise mon envie,
  Pour cet an-ci :
Je veux qu'enfin tu me rejoigne,
Sans qu'à l'avenir tu t'éloigne
  De ton ami.

Je veux aussi que d'une amie,
Non pas fort belle, mais jolie,
  Tu fasses choix ;
Qu'elle ait de l'esprit et soit bonne,
Qu'en t'adorant, elle te donne
  De douces loix.

Tu ris de la métamorphose ;
Mais crois qu'il manque quelque chose

Q iij

A ton bonheur :
Va ! sur cela l'on a beau rire ;
Un ami ne sauroit suffire
A notre cœur !

Je veux que le tien se partage,
Sans que l'Amour ait d'avantage
Sur l'Amitié ;
Car dans mon ame, cher Lélie,
Pour t'y laisser, ma tendre amie
N'a que moitié.

Oui, mon ami, c'est cette année, (1)
Plus que les autres fortunée,
Qu'il faut jouir.
Les vertus reviennent en France ;
Les vrais plaisirs et l'abondance
Vont revenir.

A cet espoir chacun se livre :
Que pourrions-nous risquer à suivre
Un peuple entier ?
Soyons heureux, puisqu'on peut l'être ;
Renaissons, puisqu'on voit renaître
L'âge premier.

_____

(1) 1775, premiere année du regne de Louis XVI.

ENTRE CHIEN ET LOUP,

CHANSON.

Paroles de M. Le Métayer ; musique de M. Porro.

Nº. 32.

Hier au soir, entre chien et loup,
Je rencontrai Mam'zel' Suzette....
Ah ! ah ! ah ! qu'elle étoit drôlette , gentil-
lette !   (*Bis.*)
Elle étoit propette , blanchette.
J'lui dis : « Mam'zel', oh ! pour le coup,(*Bis.*)
» Je vous trouve entre chien et loup ! »

« Si , sur le soir , entre chien et loup ,
» Monsieur , vous rencontrez Suzette ,
» Ah ! ah ! ah ! plaignez la pauvrette , la pau-
vrette !   (*Bis.*)
» Toute inquiette , une fillette
» Est bien surprise, oh ! pour le coup, (*Bis.*)
» De s'trouver entre chien èt loup. »

« Oui , sur le soir , entre chien et loup ,
» Il faut vous l'apprendre , Suzette ,

» Ah ! ah ! ah ! quand on est drôlette, gentil-
    lette,   (*Bis.*)
   » Quand on est blanchette, jeunette,
   » L'Amour pour mieux faire son coup (*Bis.*)
   » Vient toujours entre chien et loup. ».

CAROLINE,

A SON ÉPOUX INFIDELE,

ROMANCE.

Paroles de M. *** ; musique de M. L. Guichard.

N°. 33 , ou air : *Avec les jeux dans le village,* &c.

UN jour pur éclairoit mon ame ;
J'unissois l'amour au devoir.
J'osois me livrer à ma flamme,
Ecouter le plus doux espoir.
Mais puis-je m'abuser encore ?
Cet espoir s'éteint dans mon cœur....
Toi, qui me fuis, toi, que j'adore,
Où veux-tu chercher le bonheur ?   (*Bis.*)

Quand tes soins me rendoient la vie,
Je crus les devoir aux Amours.
Je me disois : « Je suis chérie ;
» Je saurai bien l'être toujours. »
Mais puis-je me flatter encore ?
Non, l'espoir s'éteint dans mon cœur...
Cruel époux ! toi, que j'adore !
Où veux-tu chercher le bonheur !   (*Bis.*)

Quel sort affreux tu me destine !
Que ne me laissois-tu mourir ?
Si tu n'aimes plus Caroline ;
C'est là son unique desir.
Mais puis-je m'abuser encore ?
Non, l'espoir s'éteint dans mon cœur...
Toi, qui me fuis, toi, que j'adore !
Où veux-tu chercher le bonheur ?   (*Bis.*)

Tu deviendras mon bien suprême,
O le plus chéri des portraits !
Tiens-moi lieu de celui que j'aime ;
Viens, du moins, me rendre ses traits.
Mais puis-je m'abuser encore ?
J'ai ses traits, je n'ai plus son cœur....
Toi, qui me fuis, toi, que j'adore !
Où veux-tu chercher le bonheur.   (*Bis.*)

L'INGRATITUDE PUNIE,

CHANSON.

Paroles de M. Aubriet, Avocat au Parlement;
musique de M. Champein. N°. 34.

« BELLE inhumaine,
» Ris de ma peine !....
» Mais, quelque jour,
» Puissant Amour,
» Ah ! par ma haine,
» Sourd à ses cris,
» Punis Hélene
» Et ses mépris ! »

De cette plainte
Elle est atteinte :
Elle en gémit....
Licas guérit ;
Et l'inhumaine,
La nuit, le jour,
Toute à sa peine,
Voit fuir l'Amour.

Jeune Bergere,
Crains d'être fiere
De tes attraits ;
Crains-le, à jamais !
L'Amour se venge,
En un moment,
Et d'un trait change
Le sentiment.

La beauté passe ;
Un rien l'efface :
Que devient-on ?
A l'abandon
On est en proie ;
Regrets cuisans,
Aucune joie.
Et plus d'amans,

L'AMOUR

MAITRE EN FAIT D'ARMES,

CHANSON.

Paroles de M. Mayeur de Saint-Paul.

Air : *Je suis un fort bon Maréchal* , &c.

AMOUR étant las des métiers
Qu'il sut exercer par milliers,
Et qui n'ont plus pour lui de charmes,
Car il est changeant volontiers,
Mercure annonce en tous quartiers
Qu'Amour s'est fait maître en fait d'armes.
  Jeux flatteurs !
  Jeunes cœurs,
  Pleins d'ardeurs,
  A Cythere
Amour tient salle chez sa mere.

Il faut voir ce Dieu séducteur,
S'escrimer en grand Professeur ;
Un sachet d'odeurs le plastronne,

Son

Son fleuret est un trait vainqueur,
Qu'avec art il dégage au cœur ;
Mais du coup il ne meurt personne.
  Jeux flatteurs ! &c.

L'écolier qu'il reçoit le mieux,
C'est l'amant le plus amoureux.
Pour acquérir son art sublime,
Il faut, adroit et gracieux,
Paroître ferme aux plus beaux yeux,
Et qu'un desir de vaincre anime.
  Jeux flatteurs ! &c.

Toutes les filles du canton,
Veulent aussi prendre leçon,
Dans l'art de la Miomachie ;
Et, pour plaire à chaque tendron,
L'Amour assemble, à l'unisson,
Avec l'amant sa belle amie.
  Jeux flatteurs ! &c.

Filles dont le cœur belliqueux
Forme en cachette mille vœux,
Pour aller combattre à Cythere,
Trompez les regards curieux ;

      R

Et vous trouverez en ces lieux
Plus d'un charmant assaut à faire.
Jeux flatteurs ! &c.

SOUVENIRS D'UN INCONSTANT;

ROMANCE.

Paroles et musique de Mademoiselle de Gaudin.

N°. 35.

AUTEUR de mon tourment,
C'est à toi que j'adresse
Ces vers, que ma tristesse
M'inspire en ce moment.
Trop long-tems à ta vue...
Il faut le publier...
Mon ame étoit émue ;
Mais je veux t'oublier. (*Bis.*)

Il me souvient qu'un jour
Intéressant, aimable,
Tu traçois sur le sable
Nos deux noms, tour-à-tour;

Tremblante à cette vue...
Comment le publier ?...
Mon ame en fut émue....
Pourrois-je l'oublier ?   (*Bis.*)

Bientôt un coup de vent.
Emporta ta promesse ;
De même ta tendresse
Fut l'éclair de l'instant....
Mourante à cette vue...
Comment le publier ?...
J'en suis encore émue....
Ne puis-je l'oublier ?   (*Bis.*)

Pour charmer mes ennuis,
Malgré ton inconstance,
Je peins, en ton absence,
Des traits que je chéris....
Mais, las! à cette vue...
Dois-je le publier ?...
Mon ame est plus émue....
Comment donc t'oublier?   (*Bis.*)

Plus constante que toi,
Je donne à ton image
Des baisers, qu'en partage

R ij

Je gardois à ta foi.... :
Dans ma peine mortelle,
Las! faut le publier;
Mon cœur encor t'appelle,
Est-ce-là t'oublier ?   (*Bis.*)

LA RECHUTE,

ROMANCE.

Paroles de M. Louvet; musique de M. Le Vasseur, Professeur.

Nº. 36, ou air: *Avec les jeux dans le village*, &c.

JE la croyois sensible et tendre ;
Je l'adorois, et je lui plus.
Elle me quitta pour Lisandre,
Et je jurai de n'aimer plus....
Mais, hélas ! mon cœur n'est pas maître
Des feux qui vont le consumer.
Le doux printems vient de renaître,
Et je sens bien qu'il faut aimer!   (*Bis.*)

Nos bois reprennent leur parure ;
L'air est plus pur, zéphyr plus doux.
Tout va s'unir dans la nature.
Tout semble dire : « Unissez-vous ! »
A ce charme qui nous attire
Je craignois de m'accoutumer.....
Mais je vous vois, charmante Elvire,
Et je sens bien qu'il faut aimer !   (*Bis.*)

Le jour paroît, je vois Elvire ;
Je la vois quand le jour finit,
Et toute la nuit je l'admire,
Dans mes songes, qu'elle embellit.
Timide espoir qu'Amour inspire,
Daignera-t-on vous confirmer ?
Daignera-t-on bien me dire :
« Ah ! je sens bien qu'il faut aimer ! » (*Bis.*)

COUPLETS

ADRESSÉS A UNE JOLIE BLONDE.

Paroles de M. de Damas.

Air : *On compteroit les diamans*, &c.

LE droit de chanter la beauté
N'appartient vraîment qu'au génie ;
D'un emploi si peu mérité,
Pourquoi m'honorer, Émilie ?
Sans doute je saurois rimer,
Si tes yeux, faits pour tout séduire,
Aussi bien que celui d'aimer,
Enseignoient le talent d'écrire.　　(*Bis.*)

Oui, comment échapper aux traits
Du Dieu charmant que tu retraces ;
Pour séduire, il a tes attraits,
Et, pour intéresser, tes graces :
Il est un certain trouble heureux
Qu'à tes côtés il nous inspire ;
Mais je baisse toujours les yeux
Pour éviter de t'en instruire.　　(*Bis.*)

Lorsque, nous rendant le repos,
Morphée a consolé la terre,
L'Hymen, veillant sous tes rideaux,
Met à la voile pour Cythere :
Mais en vain, jaloux de son sort,
L'Amour veut être du voyage ;
L'Hymen débarque dans le port,
Et l'Amour au loin fait naufrage. (*Bis.*)

Vous, qui croyez braver les traits
Qu'Amour porte à l'ame attendrie,
Il seroit vengé pour jamais,
Si vous connoissiez Émilie.
Son sourire et ses blonds cheveux
Rappellent la tendre Julie ;
Mais nous voyons bien que Saint-Preux
N'a pas connu la plus jolie. (*Bis.*)

L'AMANT QUITTÉ,

ROMANCE.

Paroles de M. Louvet ; musique de M. Desaugiers.

Nº. 37, ou air : *Des simples jeux de son enfance*, &c.

Vaste forêt, dans vos retraites
Je reviens avec le printems ;
Les bois inspirent les Poëtes,
Les bois consolent les amans.
Je vais m'asseoir à l'ombre épaisse
De ce chêne majestueux ;
Je vais d'un Berger qu'on délaisse
Chanter les regrets douloureux.

Un charme secret me rappelle
Auprès de cet arbre chéri ;
C'est que le nom d'une infidelle
Est gravé sur son tronc vieilli.
Hélas ! hélas ! son vert feuillage
Cacha jadis l'amour heureux...
Je reviens seul sous son ombrage ;
L'autre printems nous venions deux.

Que mon bonheur causoit d'envie
A mille rivaux que j'avois !
Que ma maîtresse étoit jolie !
Combien d'esprit je lui trouvois !
Mais de l'ingratte qui m'oublie,
O ! ma muse, ne parlez pas.
J'adorerois encor Julie,
Si vous chantiez tous ses appas.

CHAQUE CHOSE A SON TEMS,

ROMANCE.

Paroles de M. de Beaunoir ; musique de
M. Champein. Nº. 38.

Nos bons parens parlent, sans cesse,
Et de vertus et de devoir,
En nous disant, matin et soir :
« Rien n'est plus doux que la sagesse. »
Nous écoutons cette leçon ;
Le fruit en est très-salutaire....
Pour le garder, pour le garder on a beau faire !....
Ta, la, la, la, la, la, la, la, la,
Les fleurs, les fruits ont leur saison.

Vous nous prêchez, sur-tout, d'exemple;
Sages mamans de quarante ans.
Vous rebutez tous les galans;
Chez vous l'honneur est dans son temple.
Vous n'adorez que vos époux;
Aisément on vous croit sinceres....
Nous le jurons, et nous ferons comme nos meres...
Ta, la, la, la, la, la, la, la, la,
Chaque âge a ses plaisirs, ses goûts.

LE LYS ET LA ROSE,

ROMANCE.

Paroles de M. de La H * * *, Avocat; musique
de M. Ducray. N°. 39.

DANS nos champs, avec ma Bergere,
J'aime à voir la fleur printanniere;
Le jasmin avec le muguet
S'embellissent dans son corset.
Colette, sur sa tige fiere,
Du lys admire la beauté;
Mais, mais au lys, moi, je préfere
La rose de la volupté.

Lorsque, par les pleurs de l'aurore,
La rose, au matin, vient d'éclore
De son parfum la douce odeur
Ajoute encore à sa fraîcheur.
Reine de l'Empire de Flore,
Elle séduit l'œil enchanté....
Oui, mais je lui préfere encore
La rose de la volupté.

Sur ton sein l'amoureuse rose,
Au milieu des lys fraîche éclose,
Du parterre le plus riant
Offre le spectacle charmant.
Mais, ma Colette, avec ivresse
Veux-tu jouir de ta beauté ?
Ah ! joins au lys de la tendresse
La rose de la volupté.

COUPLETS

Adressés à Mademoiselle Minette de *.*.

Paroles de M. Duchosal, Avocat en Parlement ; musique de M. Bouvier, Musicien de la Chambre de S. A. S. le Duc de Parme.

N°. 40 , ou air : *Pourriez-vous bien douter encore* , &c.

IL faut à l'ombre du silence
Cacher les roses de l'Amour :
Oui ; c'est tripler la jouissance ,
Que de le dérober au jour.
Je me plais à voiler mon ame ,
Et je ne veux jamais avoir
Pour confident de notre flamme
Que toi, Minette, et ton boudoir. (*Bis.*)

Si j'observe que l'on soupire ,
Je soupire avec mes rivaux :
Se plaignent-ils de leur martyre ?
Je me plains aussi de mes maux.
S'ils tracent le joli mensonge

Dont

Dont la nuit flatte leurs desirs,
Moi, je métamorphose, en songe,
La vérité de nos plaisirs.   (*Bis.*)

Irois-je afficher ma tendresse ?
L'orgueil n'alluma pas mes feux.
Quand je combats la folle ivresse
De tes courtisans malheureux
Je sais bien que, malgré leurs larmes,
Et leurs soupirs et leur amour,
Je dois la nuit jouir des charmes
Qu'ils m'auront disputés le jour.   (*Bis.*)

J'ai grand soin que la médisance
Chez toi ne me trouve jamais.
Pour suppléer à mon absence,
Pour t'épargner de vains regrets,
Entends les galantes sornettes :
Ces doux propos t'amuseront ;
Et moi, j'acquitterai les dettes
Que mes rivaux contracteront.   (*Bis.*)

S

TENDRES SOUVENIRS,
ROMANCE.

Paroles de Mademoiselle de * * * ; musique de
M. Chardiny, de l'Académie Royale de Musique. N°. 41.

Aux plus affreux malheurs
L'ame prête des charmes,
Quand des remords vengeurs
Ne causent point nos larmes.
Un sentiment bien doux,
Celui de l'innocence,
Laisse toujours en nous
Un fonds de jouissance.

J'ai perdu mon bonheur ;
Mon ami m'abandonne :
Il déchire mon cœur,
Et mon cœur lui pardonne !
Au sein de mon ennui,
J'ai pour moi ma constance :
Je souffre... c'est pour lui ;
C'est une jouissance !

Les jours où ma langueur
Redouble ma tristesse,
Ces jours où mon malheur
S'accroît de ma foiblesse,
Je dis : « Qu'il soit heureux
» Dans son indifférence ! »
Former pour lui des vœux,
C'est une jouissance !

L'horreur de l'avenir
Est pour moi peu de chose ;
Des biens du souvenir
Mon bonheur se compose....
« Je l'attendis ici ;
» Là, je l'eus en présence.... »
Mon cœur s'abuse ainsi ;
C'est une jouissance !

Son cœur n'est plus ému
Pour celle qui l'adore....
Je n'ai pas tout perdu,
Puisqu'il respire encore !
Le charme à mes douleurs
Est dans son existence.
Pour lui coulent mes pleurs ;
C'est une jouissance !

S ij

Son cœur seul est léger ;
Le mien reste le même :
Lui seul a pu changer ;
Plus que jamais je l'aime !
J'aime encor mon ami ,
Malgré son inconstance :
Je ne l'ai point trahi....
C'est une jouissance !

L'AVIS INUTILE,

ROMANCE.

Paroles de M. Louvet ; musique de M. Martini.
N°. 42 , ou air du Vaudeville de *Florine.*

Loin du hameau , la jeune Adele
Au fond d'un bois , le soir pleuroit ;
Tout près de là , son infidele
Aux pieds de Zulma soupiroit.
Adele entendit le volage ,
Et s'écria pleine d'effroi :
« Belle Zulma , soyez plus sage ,
» Soyez plus heureuse que moi ! » (*Bis.*)

« Si vous saviez quel art perfide
» Il employa pour me charmer !
» Comme il parut tendre et timide,
» Comme il parut fait pour aimer !
» Le cruel aujourd'hui m'outrage,
» Hier il me juroit sa foi....
» Belle Zulma, soyez plus sage,
» Soyez plus heureuse que moi ! » (*Bis.*)

Que fit Zulma ? Préféra-t-elle
A la raison le tendre Amour ?
Au même bois, je sais qu'Adele
L'entendit gémir à son tour.
Je sais que l'écho, trop fidele,
Nuit et jour bientôt répéta :
« Jeunes Beautés, plaignez Adele ;
» Soyez plus sages que Zulma ! » (*Bis.*)

COUPLETS

Adressés à Mademoiselle Caroline Descar-
sins, après l'avoir entendue pincer de la
harpe.

Paroles de M. Joly de Saint-Just ; musique de
M. Ducray.

Nº. 43, ou air : *On compteroit les diamans, &c.*

Toi, qui souris comme l'Amour,
Aimable et belle Caroline,
Permets que je chante, à mon tour,
Tes talens, ta grace divine !
Pour charmer l'esprit et le cœur,
Cypris te donna son langage,
Apollon son luth enchanteur,
Et l'Amour te laissa son âge.

Ce n'est qu'à tes accords brillans
Que ce petit Dieu doit se rendre.
Où trouver des sons plus touchans ?
Ta lyre où pourroit-il l'entendre ?
De Psyché tendre adorateur,
L'Amour la rendit Immortelle.
Pour mériter cette faveur,
Psyché ; Psyché n'étoit que belle !

LA DÉFIANCE PARDONNABLE,

ROMANCE.

Paroles de M. Sylvain Maréchal ; musique de
M. Porro. N°. 44.

L'AGE me dit qu'il faut aimer.
Le tems des roses,
Fraîches écloses,
Est le moment de s'enflammer.
Je le sais bien ; mais les amours constans
Sont-ils bannis dans le pays des fables ?
Je vois beaucoup d'hommes aimables ;
Où trouve-t-on des cœurs aimans ?

L'ennui par-tout est sur mes pas.
Avant l'aurore,
Le soir encore,
Mon jeune cœur me dit, tout bas :
« Il faut aimer ! » Mais les amours constans
Sont exilés dans le pays des fables.
Je vois beaucoup d'hommes aimables....
Las ! où trouver des cœurs aimans ?

COUPLETS

FAITS A LA CAMPAGNE DE M. AMIOT,

Par Madame Dufresnoy.

Air : *Chantez , dansez , amusez-vous , &c.*

JE connois un pays charmant ,
Où le Plaisir tient son empire ,
Où l'on s'aime tout bonnement ,
Et de même on ose le dire.
L'Amitié s'y joint à l'Amour :
Devinez quel est ce séjour ?

On y voit un sensible époux ,
Aimer et respecter sa femme ,
Dont les regards tendres et doux ,
Peignent le fond d'une belle ame.
L'Amitié s'y joint à l'Amour :
Devinez quel est ce séjour ?

La mere y suit pour son enfant
L'exemple naturel et sage.
Ce petit être intéressant
L'en remercie, en son langage.

Tout y respire pour l'amour :
Devinez quel est ce séjour ?

Les Vertus n'en bannissent pas
Les Jeux, les Ris et la tendresse :
La franchise conduit leurs pas ;
Mais, chut !... en parlant de l'hôtesse,
Car chacun de vous, à son tour,
Pourroit me nommer ce séjour.

LE SERMENT ROMPU,

COUPLET.

Paroles de M. Mayeur de Saint-Paul.

Air : *Du serin qui te fait envie*, &c.

Fuyant les fers d'une infidelle,
J'avois juré, dans ma douleur,
Que désormais aucune Belle
N'auroit d'empire sur mon cœur.
Je croyois que toute ma vie
Je pourrois être indifférent....
Mes yeux aperçoivent Marie,
Et j'oublie enfin mon serment !   (*Bis.*)

INVITATION AMOUREUSE,

CHANSON.

Paroles de M. Mourlan ; musique de M. Desaugiers.

N°. 45 , ou air : *De mon Berger volage*, &c.

De ta paisible enfance
Tu vois finir le cours.
Un Dieu , par sa puissance,
Doit embellir tes jours.
A ce Dieu , ma Délie ,
Livre ton jeune cœur !
Sans l'Amour dans la vie
Il n'est point de bonheur.

Sur tout ce qui respire
Il répand ses bienfaits.
Tu lui dois ton sourire ,
Tes graces , tes attraits.
A l'envi , tout publie
Son pouvoir enchanteur.
Sans l'Amour , &c.

Amoureux de la plaine
Qu'il baigne dans son cours,
Le ruisseau s'y promene
Par différens détours.
Il semble à la prairie
Dire par sa lenteur :
« Sans l'Amour, &c. »

Dans leur tendre ramage,
Les oiseaux, nuit et jour,
Célebrent, sous l'ombrage,
Les douceurs de l'Amour.
Par leurs chants attendrie,
Écho répete, en chœur :
« Sans l'Amour, &c. »

Le bouton inodore
Languissoit dans les champs ;
Zéphyr le fait éclore :
Il charme tous les sens.
L'air rempli d'ambroisie,
Murmure avec douceur :
« Sans l'Amour, &c. »

Auprès de sa maîtresse,
Vois, sous cet orme, Hilas.

Il l'embrasse, il la presse
Tendrement dans ses bras.
Leur bouche ensemble unie
Répete, avec ardeur:
« Sans l'Amour, &c. »

Imitons leur sagesse;
Comme eux, aimons toujours.
De la froide vieillesse
Qu'importent les discours ?
Suis la voix qui te crie,
Dans le fond de ton cœur:
« Sans l'Amour, &c. »

FIN.

TABLE

TABLE
ALPHABÉTIQUE
DES AUTEURS.

A

MESSIEURS.   Pag.

T

V

FIN.

DE L'IMPRIMERIE DE LA VEUVE
VALADE.

N.º I.

CHIMÈNE ET LE CID.

Romance attribuée à Chimène,
et traduite de l'Espagnol
par M. le Ch.er de Florian.
Musique de M. Porro.

Lento è doloroso.
Majeur.

Le Cid après son hy-me-

-né-e, pour les combats veut

re-par-tir. Sa Chi-mè-ne en

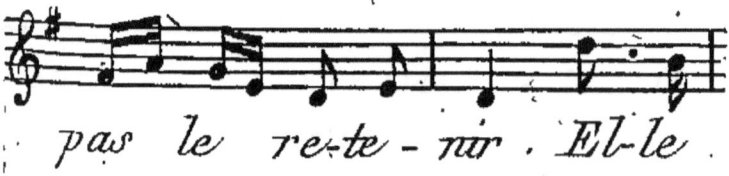

est cons-ter-né-e ; mais n'ose

pas le re-te-nir. El-le

A

gar-de un pro-fond si-lence,

fixe sur lui des yeux en pleurs;

et, tout-à-coup, sa voix com-

-men-ce ce chant d'amour et de dou-

Mineur.

-leurs . « Ah! qu'une chaî-ne glori-

-eu - se nous pré-pa-re de cruels

maux ! La vil - la - geoise est

plus heu — reu-se ; son é-

-poux n'est point un hé - ros !

Si pour al-ler au la-bou-

-ra — ge, cet é-poux la

quit-te au ma-tin, au moins le

soir, a-près l'ou-vrage, il re-

-vient dor-mir dans son sein !

Aij

LA CURIEUSE,
Chanson.

Paroles de M…

Musique de M. l'Abbé Guichard.

Andantino.

Quel doux penchant m'en-

-traî-ne ? quel feu vient m'en-flam-

-mer ? Est-ce qu'a-mour m'en-chaî-

-ne ? Est-ce qu'il faut ai-mer ? Je

sens que je sou-pi---re, et ce sou-

-pir m'apprend que sous le tendre em-

-pi-re mon jeune cœur se rend,

mon jeu-ne cœur se rend.

N.º 3.

LES AMOURS DU TEMS PASSÉ.

Chanson.

Paroles de M. Le Franc,
Musique de M. Demigneaux.

Andantino.

Du beau Clitan-dre abandon-

-né--e, Rosine, en proie à sa fu-

-reur, voulut fi-nir sa desti-

Aiij

né – e, et se frappa tout près du

cœur.

Majeur.

Beauté mo-der - - -ne,

je pa- -ri- -e,

du premier coup l'au-

-roit per--cé ; mais a-

-lors u-ne bonne a-mi--e

n'ap--pre-noit point

A UNE BELLE MUSICIENNE
Chanson.

Paroles de M. le Chr de Cubiéres.
Musique de M. le Cte de Ste Aldégonde.

Sans éprouver soudain vos loix, qui peut un instant vous en-tendre? Aux sons de vo-tre bel-le voix, qui peut re-fu-ser à se rendre? Lorsqu'elle est par d'heureux ef-forts, à ceux de vo-tre ly-re u-ni-e, le trouble naît de vos ac-cords, le désordre de l'harmoni-e.

B

A MA VOISINE,

Chanson.

Paroles de M. Evra.

Musique de M. Raymond.

Andante.

J'a-vois ju-ré que de l'A-mour

je ne por-te-rois plus la chaî-ne.

Re-dou-tant les maux qu'il en-traîne,

je vou-lois le fuir, sans re-tour;

mais de sa puis-san-ce di-vi-ne

un mor-tel se rit vai-ne-ment.

Lorsque je fai-sois ce ser-ment

je n'a-vois pas vu ma voi-si--ne.

COUPLET ÉPIGRAMMATIQUE.

Paroles et Musique
de M. le Chr de Meude-Monpas.

Andante poco Allegretto.

Entre l'amour d'un Sexe

et la haî-ne de l'au-tre,

le beau Se-xe, dit-on,

par-tage son pen-chant.

pour moi je n'en crois rien,

sans être trop mé-chant,

il dé-tes-te le sien;

mais n'ai-me pas le no- -tre.

Bij

N.º 6.

LE RETOUR DE LA RAISON.
Romance.

Paroles et Musique
de M. le Ch.^{er} de Meude-Monpas.

Andantino.

Je ne regrette pas les feux de ma jeu-nes-se. Les souvenirs a-mers d'une fol-le ten-dres-se pourroient troubler encor le re-pos de mon cœur. A mon âge il est tems de goû-ter le bonheur ! A mon â-ge il est tems de goû-ter le bon--heur !

BOUQUET.
Chanson.

Paroles de M. Jame.
Musique de M. Gresset.

Majeur.

C'est le Bouquet de l'a-mi-tié

que je viens t'of-frir, ma Ger-

-tru-de, ses mains l'ont pour toi va-ri-

-é, C'est le Bou-quet de l'ami-

-tié, Ton cœur qu'amour eut effra-

-yé, doit bannir toute inqui-é-tü-de.

C'est le Bou-quet de l'a-mi-tié

que je viens t'of-frir, ma Ger tru- -de,

que je viens t'offrir, ma Ger-tru- - de.

Mineur.

Fleurs d'a-mour causent des re-grets;

fleurs d'a-mi-tié sont sans é-pi- ne.

Hé-las! malgré tous leurs attraits, fleurs d'a-

--mour causent des regrets. Ce Dieu sait

armer de ses traits les fleurs qu'aux Bel-les

il des-ti-ne. Fleurs d'amour causent.

des regrets, fleurs d'ami-tié sont sans épi -

--ne, fleurs d'ami-tié sont sans épi - -ne.

COUPLET

adressé à Madame la Comtesse de...
en lui envoyant des Fleurs.
Paroles et Musique
de M. Mayeur de Saint-Paul.

C'est l'a-mi--ti-é qui

fit naî-tre ces fleurs; sou-venez.

vous de leur no-ble ori-gi-ne.

Le sen-ti-ment nu-an-ça leurs cou-

-leurs. De l'amitié la rose est sans é-

pi- -ne. Auprès de vous je le sens

chaque jour. Dans son éclat, fraîche

et tou-jours nouvelle, el- le sur-

-vit aux ro-ses de l'a-mour;

et l'hiver même est un printems pour

el- - - le, et l'hiver même est

un prin-tems pour el- - le.

LES REGRETS
DE L'AMOUR.
Romance.

Paroles de M. Bodard.

Musique de Mlle Caroline Wuyet,

Pensionnaire de la Reine.

Amoroso.

Aux courts instants de notre en-

-fan-ce, le calme régne en notre

-cœur; et c'est-a-lors l'indiffé-

-ren-ce qui seule fait notre bon-

-heur. Qu'ils durent peu ces moments pai-

C

-si-bles ! le tems en ordonne autre-

-ment.... Pour-quoi nos cœurs

-sont-ils sensi-bles, puisque l'a-

-mour est un tour-ment? Pourquoi nos

cœurs sont-ils sensi-bles, puisque l'a-

-mour est un tourment, puis-que l'a-

-mour est un tour-ment ?

L'AMOUR VÉRITABLE.
Chanson.

Paroles de M....
Musique de M. Le Brun,
de l'Académie Royale de Musique.

Projet flatteur de séduire une

Bel-le, soins concertés de lui

fai-re la cour, tendrés é-

-crits, ser-mens d'être fi-dé-le,

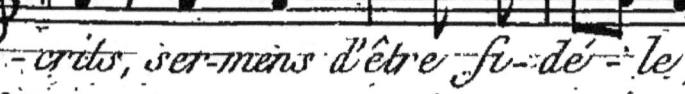

airs empres-sés, vous n'êtes point l'a-

-mour, airs empres-sés, vous n'êtes

point l'a-mour. Mais, se donner sans es-

-poir de re-tour, par son dé-

-sor-dre an-non-cer que l'on aime;

respect ti-mi-de, avec ardeur ex-

-trê-me, per-sé-vé-r-an-ce; au

comble du malheur; dans sa Phi-

-lis ne voir que Philis même:

voilà l'a-mour; mais, il n'est qu'en mon

cœur: voi-là l'a-mour; mais,

il n'est qu'en mon cœur. Projet flateur

L'AMANT CONSTANT
Romance.

Paroles de M. le Ch.er de Florian.
Musique de M. l'Abbé Auroux.

Andante

J'aimois une jeu-ne Berge--re;

mon amour faisoit mon bonheur; je cro-

-yois posséder le cœur de celle

qui m'é-toit si chè-re; hélas! pour

un au-tre a-mant, el-le tra-hit

mon es-pé-ran-ce; et j'ai-me

mieux pleurer son inconstan--ce,

que d'ê-tre heureux en l'oubli--ant,

que d'ê-tre heureux en l'ou-bli-ant.

HYMNE A L'AMOUR.

Chanté par de Nouveaux Epoux.

Paroles de M. Hilliard d'Auberteuil.

Musique de M. Brack.

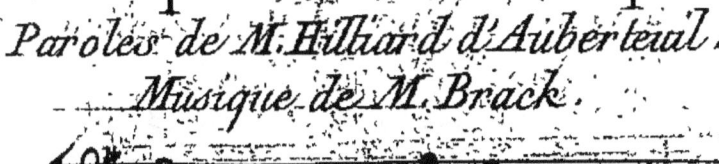

Tendre Amour ne t'en vas pas!

laisse nous les dou-ces larmes! Tes sou-

-pirs et les a-lar-mes auront pour nous

des ap-pas. Sous le nom de l'hyme-

né-e, lais-se à ta loi for-tu-né-e

le soin de gui-der nos pas! Tendre A-

-mour ne t'en vas pas! Non, non,

Tendre Amour ne t'en vas pas!

L'AMOUR
N'EST POINT UN DIEU.
Chanson.

Paroles et Musique
de M. le Chr de Meude-Monpas.

L'A-mour n'est point un Dieu,

l'A-mour n'est point n'est point un

Dieu, je veux toujours, toujours le

di- -re l'A-mour n'est point un

Dieu, c'est un foi-ble mortel.

S'il é-toit éternel, les trans-ports

qu'il ins-pi-re ne s'éteindroient ja-

-mais: par de puissans attraits il

sauroit dans notre a -- me al-

-lumer le flambeau d'u-ne é-ter-

-nelle flamme; al-lumer le flam-

-beau d'une é-ter-nel-le flamme. L'A-

L'OCCASION
FAIT LE LARRON.
Chanson.

Paroles de M. Pujoulx.
Musique de M. Hugard de St Guy, Fils.

L'autr e jour la charmante Hélène,

rêvoit seulet- te dans la plaine, rêvoit peut-

- être à son a-mant, car fillet-te y pen-

- se souvent. Ah! ah! ah! ah! mon dieu,

mon dieu qu'c'est dro-le! com'l'Amour en-

- jeo-le! ça ne doit pas finir par là,

puis que ça commen-ce com' ça,

puis que ça commen-ce com' ça.

D

L'AMI DEVENU AMANT,
Romance.
Paroles de M. W...
Musique de M. Bonvin.

Andante Amoroso.

Je suis simple et novice enco - - re;

je pal-pi-te au seul mot d'amour, et dans

mon cœur je s'ens éclo - - re un nou -

- veau de-sir chaque jour. Sur ce qu'il peut, ou

qu'il doit fai-re, mon cœur ne s'entend qu'à de -

- mi: ah! le quel faut-il qu'il pré-fè -

- re où d'un a-mant, où d'un a-mi,

où d'un a - mant, où d'un a - mi?

N.º 12,

LE SECRET DÉCOUVERT,

Romance.

Paroles de M. le M.ᴵˢ de la Maison-Fort,
Musique de M. Aloes.

Allegretto.

Un jour je rencon-trai Babet ah!
que Babet étoit jo-li- -e! j'avois pro-
-mis que de ma vie el-le ne sau-roit
mon se-crèt, mais qui peut à l'objet qu'il
aime, ne pas parler de son tourment? sou-
-vent, en dépit d'un a-mant, l'A-mour a-
-git lui mê- -me, sou-vent, en dépit
d'un amant, l'Amour a-git lui mê-me.

Dij.

SAPHO.
Sur le Promontoire de Leucade.
Romance.

Paroles de M. De la Mothe,
Musique de M. l'Abbé Auroux.

Andante.

C'est donc i - ci que

les pei-nes fi-nis-sent, cru-el, A - -

- mour! tous les cœurs qui gémissent, é -

-pris d'une ar - deur, sans re - tour,

sur ces ro - chers, où les on - des fré -

-mis - sent, trou-vent la fin de

leur a-mour, trou-vent la

fin de leur a - mour!

L'HEUREUX REFRAIN,
Couplets adressés à Sophie.
Paroles et Musique de M. Porro.

Amoroso Gracioso.

Pour rame-ner un re-frain que l'A-mour dicte à ma Ly - - - re, au ten-dre ob-jet qui m'ins-pi - re, je veux ré-pé - ter, sans fin E-tre ai-mé de ce qu'on ai-me, de ce qu'on ai- - -me, voila, voila le bon-heur su - -prê- - me; voila, voi- - la le bon-heur su - -prê- - me !

L'AMANT ABANDONNÉ.

Romance.

Paroles de M. de M...

Musique de M. le Comte de La B...

Je ne viens plus, amant heureux,

comme autre fois, dans ce bo-ca-ge,

couron-né de myrthe a-mou-reux,

chan-ter d'amour le doux ser-va--ge, Zé-

-lis et ses ten-dres a-veux.

El-le m'aimoit... Zé-lis, vo-la-ge,

brule aujour-d'hui de nouveaux feux,

brule aujour d'hui de nouveaux feux!

LE DESIR.

Romance.

Paroles de M. Bourdois
Musique de M. Grévin l'aîné.

Quand je suis auprès d'Emire, ah! que
je me trouve heureux! Dans ses yeux je
cherche à lire: tou-jours ce qu'on n'ose
di-re est ce que l'on dit le mieux.
Sans apprets E-mi-re est bel-le; el-le
plaît sans y songer: son ame est simple comme
el-le, c'est u-ne ro - - - se nou-vel-le,
que l'Amour va pro-te-ger. Quand je

LE BAISER REÇU
ET LE BAISER PRIS.
Chanson.

Paroles de M. Le Franc.
Musique de M. Demigneaux.

Sur la foi d'un prover - be antique, Lu- cas s'étoit i - ma - gi - né qu'à l'a - mant un baiser don - né perdoit ce qu'il a d'é - ner - gi - que. La jeunesse croit tout sa-voir, Mais aussi pouvoit-il com- pren - dre qu'il eut plaisir à recevoir, qu'il eut plai-sir à re-ce-voir ce qu'il trou-voit si doux de prendre?

L'AMANT TRAHI ET GÉNÉREUX.
Romance.

Paroles et Musique
de M. le Cte de Marsane.

Lento doloroso

E-cou-tez, sen-sibles cœurs,

cet-te Ro-man-ce nou-vel--le.

Je vais chan--ter les malheurs

de l'a-mant le plus fi-dé---le,

Ce fut le jour d'un tour-noi

qu'amour maîtri-sa son â--me.....

Dan-ge-reux en-fant, pour-quoi

allumas-tu cette flam---me?

E

L'INGÉNUITÉ,

Romance.

Paroles de M. de M...
Musique de M. Le Brun,
de l'Académie Royale de Musique.

Lise et Mi-sis, dès leur en-
-fance, conduisoient le mê-me trou-
-peau. Les jours heureux de l'inno-cence
se pro-lon-geoient dans le Ha-meau.
Lise étoit tendre autant que bel-le,
sans le savoir, et Mi-sis plein d'a-
-mour pour el-le, sans le vou-loir.

N.º 20.

LA TOURTERELLE.

Romance.

Paroles de M. le Prévost d'Exmes.
Musique de M. Grévin, l'aîné.

Amoroso.

Toi, qui sans ces-se dans nos bois forme un accent plaintif et tendre, souf-fre que j'unisse ma voix aux plaintes que tu fais en-ten- -dre.

E ij

L'AMANTE INDULGENTE

Romance.

Paroles et Musique
de M. Bourignon de Saintes.

Maestoso.

Quand à toi, mon cœur se don-ne, et se li-vre à tes de-sirs, sans pi-tié tu m'a-ban-don---ne au mur-mure des soupirs: de cet ex-cès de ten-dresse si je ne puis me gué-rir, je dois cacher ma foi-bles-se, sous les pleurs du repentir.

L'APPROCHE DES QUINZE ANS.

Chanson.

Paroles de M. de M...

Musique de M. le C.te de La B...

Autrefois la jeune Rosette,

chantoit, dansoit, à tous momens ;

nul repos, nuls dé=las-se-mens,

tant elle étoit vive et jeunette !

Ro-se alors n'avoit pas douze ans,

Ro-se alors n'avoit pas douze ans,

Ro-se alors n'avoit pas douze ans.

N°. 23.

LE VIEILLARD AMOUREUX,
Romance.

Paroles de M. le Comte de Marsane.
Musique de Madame . . .

C'est en vain que l'on dif-fè - - re,

voici l'hiver de mes ans, et les

fleurs qu'amour pré-fè - - re ne se

cueillent qu'au prin-tems. Des ris la trou-

-pe lé-gè-re va s'en-vo-ler pour tou-

-jours. Les cheveux gris à Cythè- re

sont pros-crits par les a-mours,

sont pros-crits par les a-mours.

Nº 24.

CHACUN A SON TOUR,
Chanson.
Paroles et Musique
de M. le Comte de La B...

Sous un berceau Lise dormoit,

le Ber-ger Myr-til qui l'a-dore,

pour l'é-veiller a-vant l'au-ro-re,

dou-cement près d'el-le chantoit:

c'est bien dommage qu'à son âge

le tendre amour n'ait pas son tour!

le tendre amour n'ait pas son tour!

LA NOUVELLE MARIÉE
A SON ÉPOUX.
Chanson.

Paroles de M. De Lormel de la Rotiere.
Musique de M. Bonvin.

Con Moto Gratioso.

De l'air de l'indiffé-ren-ce,

je vis les premiers aveux; là pu-

-deur dans le si-len-ce é-touf-

-fa mes premiers vœux. Tu ne dûs pas

les en-ten-dre; mais, cher É-poux,

en ce jour, ah! qu'il m'est doux de l'ap-

-prendre combien je ca-chois d'amour!

combien je ca-chois d'a-mour!

THÉMIRE A SON OISEAU.

Romance.

Paroles de M. le Ch.er de Cubières.

Musique de M. Le Bœuf.

Majeur Amoroso.

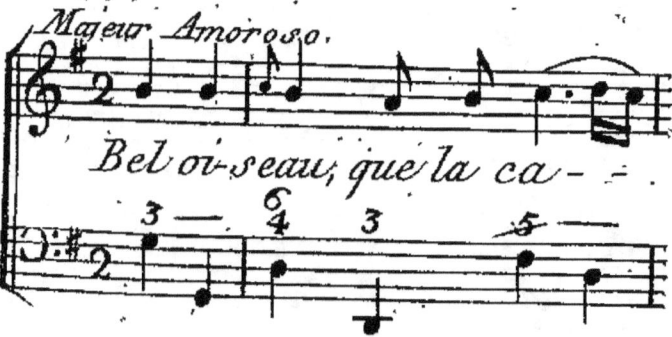

Bel oi-seau, que la ca- -

-ge dé-ro-boit au printems,

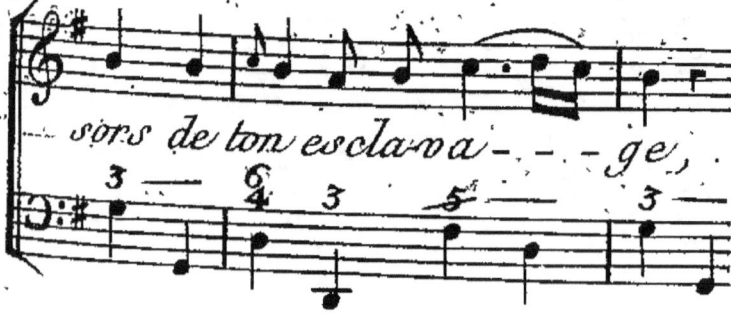

-sors de ton escla-va- - - -ge,

F

qui du-ra trop long-tems.

C'est u-ne ten-dre a-mante

qui t'im-plo - re en ce jour: rem-

-plis sa douce attente, en servant

Mineur.
Amoroso.

son a--mour, Le Ber-

-ger que j'a-do--re, vient de

quit--ter ces bois; mais mon

cœur brule enco--re, enchaî-

Fij

CÉCILE VOLANGE A D'ANCENI

Romance.

Paroles de M. le Marquis
de La Maison-Fort.
Musique de M. Le Brun,
de l'Académie Royale de Musique.

A peine au matin de ma

vi-e, j'ai dé-ja vécu trop d'un

jour. Hélas ! je n'ai connu l'a-

-mour qu'en éprouvant la perfi-

-di--è ! Vic-ti-me d'un

pié-ge fa-tal, — j'ai tra-

-hi l'a-mant que j'ado - - -re;

et je me crus fi-del-le en-

- core entre les bras de son rival.

J'é-tois fai-te pour le bon-

-heur, et j'ai chan-gé mon é-xis-

-ten-ce. D'An-ce-ni mé-ri-toit mon

cœur; il con-ser-voit mon

in-no-cen - - -ce. Mais sem-

-blable à la jeu-ne fleur qui

séche dès qu'on la cueil-li-e,

le souf-fle impur d'un sé-duc-

-teur, à pei-ne é-clo-se,

m'a flé-tri - - -e, à peine é-

-clo-se m'a flé-tri - -e!

Bien moins par-ju-re qu'impru-

-den-te, je vais long-tems me

F iiij

re-pen-tir. Puis-se mon

a-mant ressen-tir quelque pi-

-tié pour son a-man-te! Puis-

-se-t-il, en fa-veur des nœuds

que l'amour resser-ra lui

mê- - - -me, ne pas mépriser

ce qu'il aime; mais l'oubli-

-er et vi-vre heu-reux!

N.º 26.

TENDRES REPROCHES.

Romance.

Paroles de M.de Dufrénoy.

Musique de M. Billiard.

Toi, qui, sous des dehors char-

-mans, ca-che le cœur le plus per-

-fi - - de, é-cou-te en-cor.

quelques mo-mens la voix d'une a-

-man - te ti-mi - - - - de.

G

Souviens toi de cet heureux

jour, où tu vins surprendre mon

a — — me: l'art le ser-vit mieux

que l'a-mour pour peindre u-

-ne trom-peu-se flam — me.

pour peindre u-ne trompeuse

flam — — — — me.

N°.27.

LE REFRAIN A LA MODE,
Vaudeville.

Paroles de M. Nougaret.

Musique de M. Clément.

Dans ce siecle on craint la sa-ges-se, dans le vi-ce on est af-fer-mi ; et chacun ré-pé-te sans ces-se : «Au-tant de pris sur l'en-ne-mi.

LES TRISTES SOUVENIRS
Romance.

Paroles de M. Hoffman.
Musique de M. Barrois.

Lento Amoroso.

J'y son-ge-rai tou-te ma
vi-e! voi-là le lieu où
ma tant bel-le et dou-ce a-
-mi-e, me dit a-dieu.
Cha-que jour au mê-me boc-
-ca-ge je viens ex-près,
et ne trou-ve sous le feuil-
-la-ge, que des re-grets.

LES CHAINES DE L'AMOUR.

Chanson.

Paroles de M. le Prévost d'Exmes.
Musique de M. Dossion, Professeur.

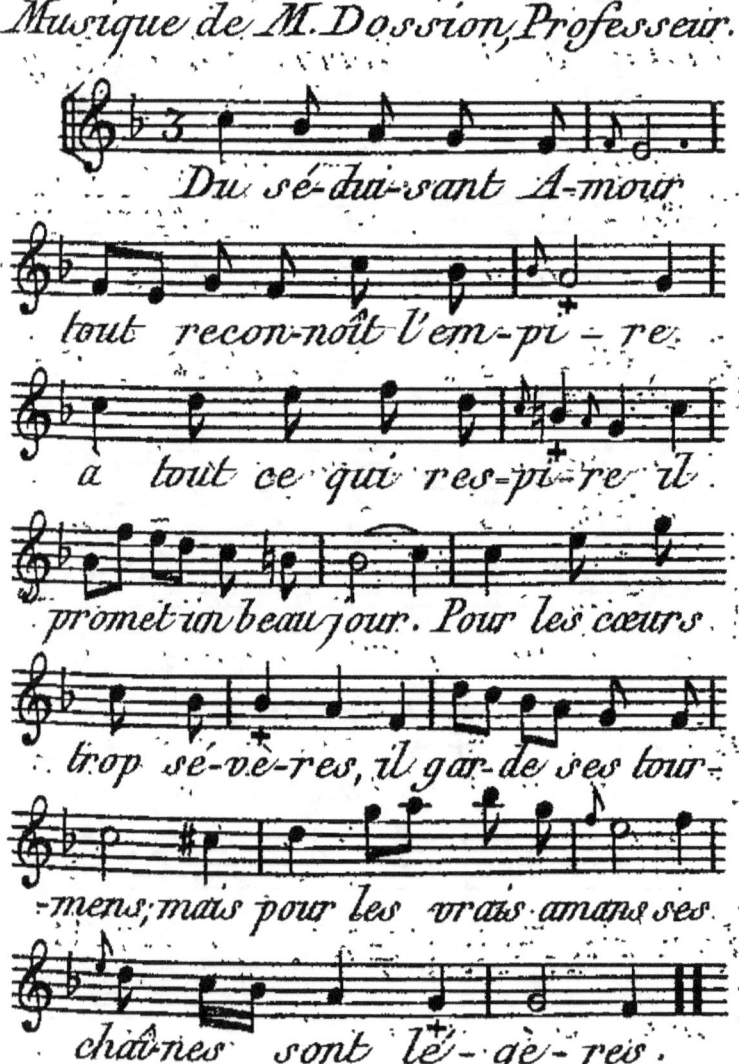

Du sé-dui-sant A-mour

tout recon-noît l'em-pi – re,

a tout ce qui res-pi-re il

promet un beau jour. Pour les cœurs

trop sé-vè-res, il gar-de ses tour-

-mens; mais pour les vrais amans ses

chaî-nes sont lé-gè-res.

LE NOUVEAU NARCISSE,

Chanson Anacréontique.

Paroles de M. De Saint-Péravi.

Musique de M. le Baron de Bernstorff.

Assis au bord d'une fon--

--tai-ne, où j'aimois à mêler

mes pleurs. De mon in-

-gra-te et bel-le Hé-lè--ne

ma voix dé-plo-roit les ri-gueurs.

L'AMANT TROMPEUR,
Romance.

Paroles de M. Louvet.
Musique de M.elle Méon, âgée de 16 ans.

Pour toi je sou-pi-re, dès que
le jour luit; je ne vois qu'Elvi-re,
durant chaque nuit. A l'amour fi-
dè-le livre tes beaux jours,
je jure, ma bel=le, de t'aimer tou-
-jours. Aux genoux d'Elvi-re
ainsi Cori-las avec art sou-

pi - - re, l'amour qu'il n'a pas

Elvire, peu sa - ge, pourtant l'écou-

- ta. Le Berger vo - la - - ge

bientôt la quit - ta. Bergeres fo-

- let- tes, craignez les a-mans. Les fa-

- veurs se-cret- tes font les faux ser-

- mens. La chose est croya - ble,

car on voit sou-vent que le plus ai-

- ma - ble est le moins cons-tant.

DÉCLARATION D'AMOUR.

Couplet adréssé à Madame de...
Paroles de M. G...
Musique de M. Dupré, Professeur.

Du plus beau feu recevez l'a-
-veu, y résis-ter, le peut-on ?
non. On est sou-vent dupe d'un a-
-mant; mais j'aime de bonne foi,
moi. Que votre cœur, couron-
-ne ma tendre ar-deur, ou qu'à ja-
-mais d'amour il brave les traits. Je
vous di-rai tant que je vi-vrai,
quel est mon bien le plus doux: vous...

H

COUPLETS

Adressés à M.ᵈᵉ T...
qui vient d'avoir la petite vérole.
Paroles de M. Knapen, le Fils.
Musique de M. Billiard.

En-fin, te voi-la rétabli-

-e! je te re-vois. Si l'on te

trou-ve moins jo-li-e, pour

quel-que mois; sou-viens toi qu'il

n'est sans nu-a--ge point de prin-

-tems, et qu'après le plus tris-te o-

-ra-ge vient le beau tems, vient le beau

tems, vient le beau tems.

LE SOUVENIR.

Chanson Anacréontique.

Paroles de M. Moline.

Musique de M. Mayeur de St. Paul.

Amorozo.

O Daphnis! séduisant Ber-

-ger! si l'aimable enfant de cy-

-thè——re sous ses loix à su

m'en-ga——ger, toi seul méri-

-tois de me plai——re, toi seul

mé-ri-tois de me plai——re.

Hij

ENTRE CHIEN ET LOUP,
Chanson.

Paroles de M. Le Méteyer.
Musique de M. Porro.

Allegretto.

Hi-er au soir, entre chien et loup, je rencon-trai Mamzel Suzet-te.... Ah! ah! ah! qu'elle étoit dro-let-te, gen-til-let---te! Ah! qu'elle é-toit dro-let-te gen-til-let-te! El-le étoit pro-pet-te, blanchet-te. J'lui dis Mamzel, oh: pour le coup, oh: pour le coup, je vous trou-ve entre chien et loup.

N.º 33.

CAROLINE
A SON ÉPOUX INFIDELE.

Romance.

Paroles de M...

Musique de M. L. Guichard.

Un jour pur éclai-roit mon

ä- -me ; j'u-ras-sois l'a-

-mour au de-voir j'osois me livrer

à ma flam- me é-cou-ter

le plus doux es-poir, écouter

le plus doux es-poir. Mais puis-

-je m'a-bu-ser en-co-re?

Cet espoir s'é-teint dans mon

cœur... toi qui me fuis toi

que j'a-do-re ou veux tu

chercher le bonheur? ou veux tu

cher-cher le bon-heur?

L'INGRATITUDE PUNIE.

Chanson.

Paroles de M. Aubriet Avocat au Parle.t

Musique de M. Champein.

Andante.

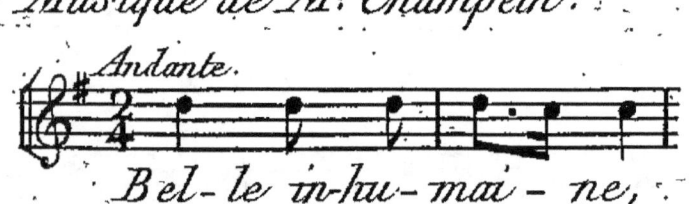

Bel- le in-hu-mai - ne,

ris, de ma pei - -ne... mais,

quelque jour, puissant a-mour,

ah! par ma hâi - ne, sourd

à ses cris, punis Hé-

-lè- -ne et ses mé-pris!

LA RÉCONCILIATION

Paroles de M. L....de la R...de la B...

Musique de M. Mayeur de S.t Paul.

Tir-cis accusoit sa Ber-ge-

-re, Co-rine accusoit son Berger.

Tous deux enflammés de colè-re a-

-voient juré de se ven-ger. A-

-mour, d'un serment témé-rai-re vou-

-lant pré-ve-nir le danger, par

un baiser, par un baiser, bientôt fit

tai - - - - re et la Bergère et le Ber-

-ger, et la Bergère et le Berger.

SOUVENIRS D'UN INCONSTANT,

Romance,

Paroles et Musique de M.lle DeGaudin.

Au-teur de mon tour-ment c'est

a toi que j'a-dres-se ces vers que

ma tris-tes-se m'ins-pi-re en

ce mo-ment. Trop long tems à ta

vu---e, il faut le pu-bli-

-er, mon a-me é-toit é-nui--

-e; mais je veux t'ou-bli-er; Oui

je veux t'ou-bli---e.

LA RECHUTE,
Romance.
Paroles de M. Louvet.
Musique de M. Le Vasseur Professeur.

Je la cro-yois sen-si-ble et

ten-dre ; je l'a-do-rois et je lui plus Bl-

-le me quit-ta pour Li-san-dre, et

je ju-rai de n'ai-mer plus Mais he-

-las ! mon cœur n'est pas maî tre des feux qui

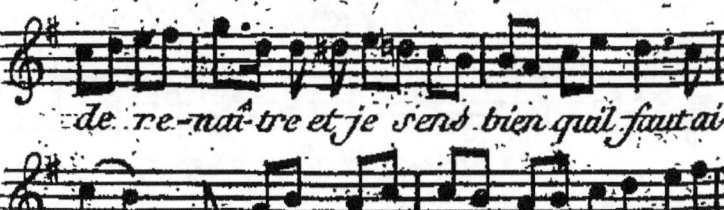

vont le con-su mer ; Le doux prin tems vient

de re-naî tre et je sens bien qu'il faut ai-

-mer ! le doux prin-tems vient de re-

naî-tre, et je sens bien qu'il faut ai-mer !

Nos bois re-pren-nent leur pa-ru-re, l'air

est plus pur, le jour plus doux, tout va s'u-

-nir dans la na-tu-re ; tout semble di-re Ai-

-mas-sez vous : A ce char-me qui nous at-

-ti-re je craignois de m'a cou-tu mer ; mais

je vous vois, char-man-te El-vi-re, et

je sens bien qu'il faut ai-mer ; et je sens

bien qu'il faut ai - mer !

Iij

Nº 37.
L'AMANT QUITTÉ,
Romance.

Paroles de M. Loupet.

Musique de M. Desaugiers.

Vas - te fo - rêt, dans

vos re - trai - tes je re-viens

a - vec le prin - tems. Les bois ins-

- pi - rent les Po - ë - tes, les

bois con - so - lent les a - mans.

Je vais m'as-seoir à l'om-bre é-

-pais-se de ce chê-ne ma-jes-

-tu-eux. Je vais d'un Ber-ger

qu'on dé-lais-se chan-ter les

re-grets dou-lou-reux, chan-

-ter les re-grets dou-lou-reux!

N.º 38.

CHAQUE CHOSE A SON TEMS,

Romance.

Paroles de M. De Beaunoir.

Musique de M. Champein.

Nos bons pa-rens par-lent

sans ces-se et de ver-tus

et de de-voir, en nous di-

-sant, ma-tin et soir: Rien n'est plus

doux que la sa-ges-se.

Nous é-cou-tons cet-te le-çon,

Le fruit en est très-sa-lu-tai-re,

Pour le gar-der, pour le gar-der,

on a beau fai-re ! Ta, la, la, la,

la, la, la, la, la ; les fleurs, les fruits

ont leurs sai-son, ont leur sai-sons !

LE LYS ET LA ROSE,

Romance,

Paroles de M.D.L.H.

Musique de M. Ducray,

Dans nos champs, a-vec ma Ber-

-ge-re, j'ai me à voir la fleur prin ta-

-nie --- re; le Jas-min et le Muguet

s'em-bel-lis-sent dans son cor-set Collette;

sur sa ti-ge fie-re, du Lys ad-mi-re

la beau-té! Mais, mais, au Lys moi je pre-

-fe -re la Ro-se de la vo-lup-té;

COUPLETS,
Adressés à Mlle Minette,
Paroles de M. Duchosal,
Musique de M. Bouvier.

Il faut à l'om-bre du si-
-len-ce ca-cher les ro-ses de l'a-
-mour, oui, c'est tri-pler la jou-is-
-san-ce que de la de-ro-ber au
jour, Je me plais à voi-ler mon a-me
et je ne veux ja-mais a - - -voir,
pour con-fi-dent de no-tre flam-me
que toi, Mi-net-te, et ton Bou-doir.

K

Nº 41.
TENDRES SOUVENIRS,
Romance,
Paroles de M.lle D ✳✳✳
Musique de M. Chardini.

Aux plus af-freux mal-heurs l'ai-

- -me pré-te des char-mes,quand des re-

- -mords ven-geurs ne cau sent point nos

lar- -mes. Un sen-ti - ment bien

doux, ce lui de l'in-no = cen - -ce lais-

- se tou jours en nous un fonds de jouis-

- ; san - ce, un fonds de jouis-san - ce,

Majore

J'ai per-du mon bon-heur,

mon a-mi m'a-ban-don-ne. Il

dé-chi-re mon cœur, et mon cœur

lui par-don-ne. Au sein de

mon en-nui, j'ai pour moi ma cons-

-tan-ce.Je souffre; c'est pour lui,

C'est u-ne joui-is-san---ce, c'est

u-ne jou-is-san--ce!

Kij

N.º 42.
L'AVIS INUTILE,
Romance.
Paroles de M. Louvet.

Musique de M. Martini.

Loin du Ha-meau la

jeu-ne A-de-le, au fond d'un

bois, le soir pleurait. Tout près de

la son in-fi-de-le aux pieds

de Zul-ma sou-pi-roit.

A - de - le en - ten - dit le vo -

- la ge ; et s'é - cri - a, plei - ne d'ef -

- froi! Bel - le Zul - ma so - yez plus

sa - ge, soy - ez plus heu - reu -

- se que moi, soy - ez plus heu-reu-

- se que moi !

N.º 43.

COUPLETS

Adressés à M.lle Carol.ne Descarsin.

Paroles de M. Joly de S.t Just.
Musique de M. Ducray.

Toi qui souris comme l'Amour,

at-ma-ble et bel-le Ca-ro-li-ne,

per-mets que je chan-te à mon tour,

tes ta-lents, ta grace di-vi-ne!

Pour char-mer l'es-prit et le cœur, Cy-

-prit te don-na son lan-ga-ge,

A-pol-lon son Luth en-chan-teur et l'A-

-mour te lais-sa son a-ge!

LA DEFIANCE PARDONABLE,
Romance.
Paroles de M: Sylvain Maréchal.
Musique de M: Porro.

L'a-ge me dit qu'il faut ai-mer, Le tems des ro-ses frai-ches e-clo-ses est le moment de s'en-flammer, Je le sais bien mais les a-mours cons-tans sont ils ban-nis dans le pays des fa-bles? je vois beau-coup d'hommes ai-ma---bles où trou-ve-t-on des cœurs ai-mans? où trou-ve ton des cœurs ai-mans?

N°45.

INVITATION AMOUREUSE,

Chanson.

Paroles de M. Mourlan.
Musique de M. Desaugiers.

De ta pai·si·ble en·fan·ce tu

vois fi·nir le cours. Un Dieu par sa puis-

·san·ce doit em·bel·lir tes jours. A·

·ce Dieu, ma Dé·li·e, ·li·vre ton

jeu·ne cœur! sans L'Amour dans la

vi·e, ·· il n'est point de bon-

·heur, il n'est point de bon·heur?